AF280563

1.Auflage 2024

Satz und Herausgabe:

Carma Conrad

Dieser Titel ist auch als E- Book
erschienen.

ISBN: 9783758372001

Herstellung und Verlag:
BoD – Books on Demand, Norderstedt

Carma Conrad

*O*ma Thiel:

Altenheim?

Nicht mit mir!

Buch 1

Prolog

Oma Thiel ist in einem Alter von zarten

76 Jahren.

Sie ist eine unternehmungslustige Frau

Und sagt:

„Mein Leben ist für Fortgeschrittene.

Ich finde generell Frauen über 60
können stolz auf sich sein.

Wir alle haben gelebt, gelacht,
gekämpft, gerockt und uns durch alle
Stürme des Lebens gewuselt.

Heute sind wir aktiver als jede
Generation vor uns.

Höchste Zeit, dass man vor uns den

Hut zieht.

Außerdem, wenn mein Leben zu Ende
geht, kann ich wenigstens sagen:

Ich war dabei!"

Oma Thiel soll ins Altenheim

Meine Nachbarin, Oma Thiel ist in eine Seniorenresidenz gezogen.

Na ja, so ganz freiwillig war das ja nicht, sie wurde mehr gegangen, oder geschubst, eigentlich getreten.

Ihr Sohn Manfred wollte das eigentlich nicht, weil ihm das zu teuer war. Er wollte, dass seine Mutter zu Hause in Ruhe sterben würde, damit er nicht an ihr Sparbuch mit den 150.000 Euro musste.

Das hatte er unter dem Siegel der Verschwiegenheit von ihr zur Aufbewahrung bekommen und bei sich im Safe versteckt. Er hatte seiner Mutter versprochen, es keinem zu erzählen, nicht einmal seiner Schwester Betty.

Auf die Frage hin, ob er seine Mutter denn mal besuchen käme, hört sich das so an:

Ja so viel Zeit hätte er auch nicht, so als IT- Manager. Außerdem lohnt es sich nicht seinen alten Mercedes für so eine kurze Fahrt anzuschmeißen. Das kann das Auto nicht so gut vertragen wegen den Zündkerzen. Aber wenn seine Mutter Geburtstag hat, oder wenn Weihnachten ist, ist es eine absolute Ehrensache, dass er kommt.

Oma Thiel war mittlerweile zarte 76 Jahre. Sie kriecht nicht mehr so frisch aus der Tupperdose. Sie sagt über sich selbst:

„Ich werde nicht älter,

nur kostbarer.“

Recht hat sie damit. Manchmal ist sie ein bisschen tüttelig, aber das sind wir doch alle.

Ihr Mann war schon vor ein paar Jahren gestorben, seitdem lebt sie allein, mit dem Graupapagei Jako. Manfred ist Ihr ältester Sohn.

Er hat eine Frau, die nur auf Geld aus ist. Sie trägt Gucci und Prada, und hat einen Handtaschentick.

Er trägt Lacoste Poloshirts oder Boss Hemden. Eigentlich können sie sich das gar nicht leisten, aber sie sagen immer: *‚Wer hat, der hat.‘*

Ihre kleine Tochter, Nele ist vier Jahre alt und hat auch schon eine Handtasche von Gucci. Manchmal schaufelt sie Sand auf dem Spielplatz in die Tasche, dann gibt es Ärger. Haustiere hatte sie keine, weil die immer so stinken. Aussage von Manfreds Frau Kirsten.

Der drei Jahre jüngere Kai ist ausgewandert und lebt mit seinem Mann Ulli auf Mallorca. Er rief seine Mutter immer über Skype an. Kai hatte es ihr eingerichtet.

Einmal im Jahr kamen sie zu Weihnachten zu Besuch, da sie im Sommer auf Mallorca Hochsaison hatten.

Sie führten eine Kneipe, da waren sie an die Saison gebunden. Die beiden hatten einen kleinen Hund mit dem Namen: Bellevue und die Rasse heißt: Havaneser. Das soll sich einer merken, aber der Hund gibt Abwechslung in ihrem Leben, sagen sie.

Die jüngste im Bunde ist ihre Tochter Elisabeth, Betty genannt.

Betty wohnte nur eine Straße weiter als ihre Mutter. Betty ist mit Jürgen verheiratet. Sie haben einen Jungen, der alles anschleppte, was er finden konnte.

Raupen, Frösche, Schuster- Spinnen (die mit den langen Beinen) usw. Er untersuchte die Tierchen dann ausgiebig zu Hause, was Betty auf die Palme brachte. Der Junge war acht Jahre alt und hieß Nils. Zusätzlich zu all den kleinen Tierchen, die Nils anschleppte, hatten sie einen Hund, einen Golden Retriever, namens Molly.

∗

Betty wollte, dass ihre Mutter endlich in ein Heim geht. Sie konnte das alles nicht mehr. Sie ging einkaufen, half ihr in der Wohnung und brachte ihr regelmäßig Essen vorbei.

Betty kümmerte sich um alles, aber nun ging es nicht einfach nicht mehr. Sie wollte ihre Mutter gut unterbringen, so ihre Worte. Das Telefon klingelte bei Oma Thiel:

„Thiel", kam es ein bisschen müde über ihre Lippen.
„Hallo Mama, hier ist Betty, wie geht's dir?"
„Ja, geht ganz gut Kindchen, obwohl meine Beine doch ein bisschen schwerer werden." „Mama, da kann ich dir helfen. Es ist ein Platz in einer großartigen Seniorenresidenz frei geworden. Wir können dein Zimmer übermorgen schon besichtigen", sagte sie mit voller Vorfreude.
„Du meinst wohl, es ist jemand gestorben, und jetzt wird kurz feucht durchgewischt,

um die nächste Fracht heranzukarren",
antwortete Oma Thiel sarkastisch.

Sie wollte in ihrem Haus bleiben, den
Tratsch mit ihren Nachbarn, ihr kleiner
Garten, der ihr sehr viel Freude
bereitete, diese Ruhe genießen. Sie
wollte nicht in ein Heim, wo die Pfleger
immer in Wir- Form sprachen: „Na, wie
geht es uns denn heute?" Auf keinen
Fall. „Aber Mama! Du kannst dir das
wenigstens mal anschauen. Wenn es dir
nicht gefällt, suchen wir etwas anderes.
Außerdem ist das nicht so teuer wie
sonst."

„Kind, ich will in gar kein Altenheim. Es
ist doch alles schön so, wie es ist."

„Nein, Mama, ich habe auch mein
eigenes Leben und kann nicht immer
nur für dich da sein. Jürgen meckert
auch schon, weil ich jeden zweiten Tag
nach dir schaue. Das geht so nicht. Wir
gucken uns das an und ich sage Manfred
und Kai Bescheid. Ach, noch eine kleine
Überraschung, ich hätte da auch
jemanden, der dir den Jako abnimmt;
das Federvieh macht ja so viel Dreck."

Sie bestimmte einfach über das Leben ihrer Mutter, die mich sofort anrief und weinte. Da ich kaum etwas verstand, sagte ich nur: „Ich komme vorbei. Wir reden. Bleib ruhig!"

Wer bin denn ich eigentlich: Ich bin Conny, ich lebe allein und bin die gute Seele für so manche ältere Menschen. Aber auch Kinder lieben mich, weil ich manchmal mit meinem kleinen Stoffhasen etwas vorspiele, was einem Puppentheater ähnelte.

Auch ich bin nicht mehr die Jüngste und gehe so ganz langsam auf die siebzig zu, aber erst in drei Jahren.

Da ich selbst nie eine Omi hatte, sagte ich immer zu ihr ‚Oma Thiel.' Sie hieß eigentlich Elfriede, hatte aber kein Problem, das viele sie ‚Oma Thiel' nannten.

Als ich bei ihr ankam, war sie so aufgelöst, dass sie ihr Pippi nicht halten konnte und die Hose nass hatte. Es war ihr so peinlich, aber ich sagte sofort:

„Das ist doch kein Problem, das mache ich eben alles sauber und ziehe dir frische Sachen an."

Als sie wieder in frischer Kleidung war, hörte ich mir die ganze Geschichte an. Ich habe kein Problem damit, dass man irgendwann nicht mehr kann und dann in eine Residenz geht. Aber über einen Menschen bestimmen? Geht für mich überhaupt nicht. Mitten in der Unterhaltung klingelte das Telefon. Manfred, ihr ältester Sohn war am Apparat. Oma Thiel stellte auf laut. Sie legte sogleich einen Finger auf ihre Lippen, damit ich schwieg.

„Hallo Mama", eröffnete Manfred, „Betty hat mich gerade über die „Immobilien – Besichtigung informiert." Er sagte das sehr bewusst, und vermied es, Begriffe wie Senioren, alt oder gar Heim auszusprechen.
„So schlecht ist die Idee gar nicht, weil die monatlichen Kosten nicht so hoch sind. Wir haben uns das mal ausgerechnet.

Mit deiner Rente und wenn wir drei jeder 500 Euro dazu- geben, wäre das Okay. Ich muss nur noch Kai informieren. Dein Haus wirft auch noch einiges ab………Hallo Mama, bist du noch dran?"

Ich schrieb ihr auf einen Zettel, sie solle sagen, sie rufe gleich zurück, da sie dringend zur Toilette müsse. Wir hörten noch ein genervtes Stöhnen, bevor er auflegte.
Jetzt besprachen wir kurz die Strategie, danach rief sie zurück.

„Ja, hallo, mein Junge, also wenn du auch der Meinung bist, dass es für mich das Beste ist, dann kann ich das ja erst einmal von den 150.000 Euro bezahlen, die du noch von mir hast. Denn wenn es mir nicht gefällt, kann ich immer noch in mein Haus zurück," erklärte Oma Thiel sehr überzeugend. Jetzt hörte man Manfred regelrecht schwitzen.

„Na ja, mit dem Geld, also…..wie kann ich dir, äh, dass erklären, dass du das auch verstehst……hm……..also, ich wusste ja nicht, dass du schon so zeitig ins Altersheim gehen möchtest….."

, Von möchten kann gar keine Rede sein' dachte ich. Außerdem kennt er wohl nicht den Unterschied zwischen Altenheim und Altersheim. Im Altersheim bist du auf die Pflege angewiesen, im Altenheim nicht.'

„Deshalb habe ich das Geld gewinnbringend angelegt und komme da in den nächsten fünf Jahre nicht dran. Das habe ich nur für dich gemacht, Mama," argumentierte er weiter. Ich dachte, ich müsse mich übergeben, und schrieb ihr auf einen Zettel, dass sie sehen wolle, wo und wie er das Geld angelegt hatte.

Sie hätte ihm keine Vollmacht geben sollen. Er hätte nur im Notfall darüber verfügen dürfen. Ich sage nur Gutmütigkeit.

Oma Thiel und ich wussten, dass es eine Lüge war.

Doch er hatte die Rechnung ohne seine Mutter gemacht. Sie drängte ihn immer weiter. Irgendwann musste er ihr beichten, dass er das Geld tatsächlich angelegt hatte, und zwar in einen nagelneuen Mercedes, mit allen Extras, die man sich vorstellen kann. Den wollte er schon immer haben. Das müsse sie doch verstehen.
Es blieb ihre keine andere Wahl. Betty und Manfred holten sie mit dem neuen Mercedes ab, um sie ins Heim zu fahren. Seinen Kommentar, er hätte extra eine Plastikdecke ausgelegt für den Fall, dass etwas *Unangenehmes* passieren würde, nahm sie gar nicht mehr wahr. Oma Thiel hatte resigniert, hörte gar nicht mehr zu und starrte nur aus dem Fenster.

Während sie dorthin fuhren, versuchte ich Kai anzurufen,

um ihn zu informieren. Er wusste noch von nichts und war stinksauer. Wir beratschlagten, was wir tun könnten. Kai erzählte mir, dass das Haus, in dem Betty wohnte, von seiner Mutter war: ‚ein Geschenk zur Hochzeit.' Das Manfred jetzt 150.000 Euro für ein Auto auf den Kopf haute, sprengte den Rahmen. Kai sollte das Haus erben, indem sie bisher wohnte, wollte es aber nicht. Er wollte kein Geld von seiner Mutter. Da hatte ich eine Idee: „Bitte Kai, lass dir das Haus überschreiben, damit die beiden anderen sich das nicht auch noch unter den Nagel reißen. Damit Oma Thiel, beziehungsweise deine Mutter noch ein zu Hause hat, wenn es ihr nicht gefällt." Diese Idee überzeugte Kai.

Als sie ankamen, steuerte der Mercedes auf einem Kiesweg direkt auf das Haus zu.
Bemerkung von Oma Thiel:

„Wieso ein Kiesweg für Leute mit Rollator?" Aber es war nur der Hintereingang.

Oma Thiel wurde herzlich von der Klinikleitung begrüßt. Sie hatte ein Schildchen am Revers mit dem Namen: Margret. Dann wurde ihr das Zimmer(chen) gezeigt. Es war so klein, wie allein das Badezimmer in ihrem Haus.
Man erklärte ihr, dass sie persönliche Gegenstände, gerne auch zwei oder drei Bilder, mitbringen dürfte. Das riesige Kreuz über ihrem Bett, das wie ein Krankenhausbett aussah, und wohl auch eines war, müsse aber bleiben. Oma Thiel hatte das Gefühl, gerade eine Immobilie auf dem Friedhof zu besichtigen. Sie sagte nichts, sie nickte nur ab und ließ alles gedankenverloren über sich ergehen.
Nur eine Frage stellte sie sich immerzu: *WARUM HABE ICH ÜBERHAUPT KINDER IN DIE WELT GESETZT.*

Ich hatte Oma Thiel Bescheid gegeben, dass sie ihr Haus auf Kai überschreiben soll, damit ihr wenigstens das erhalten bliebe.

Das gab ihr Hoffnung. Mit der Klinikleitung wurde abgemacht, es für ein halbes Jahr zu probieren.
Ich besuchte sie regelmäßig und sorgte dafür, dass sie sich nicht aufgab. Mit Kai skypte sie dreimal die Woche. Die anderen hatten sich nicht einmal blicken lassen, nicht ein einziges Mal!

Kai kam mit seinem Mann vor drei Monaten nach Deutschland. Das wusste aber keiner, nur ich. Er besuchte auch seine Mutter nicht, weil sie nicht wissen sollte, dass er ihr Haus umbauen ließ. Den anderen beiden erzählte er, dass er das Haus sofort veräußert hätte. Jetzt, da nichts mehr zu holen war, hatten sie das Interesse völlig verloren.

Ich hatte seit zwei Monaten wenig Kontakt zu Oma Thiel. Ich wusste nicht mehr, wo mir der Kopf stand, weil ich den Umbau des Hauses mit bewachte und Anweisungen gab.

Nun wollte ich ihr die neuen Nachrichten überbringen, erreichte sie aber telefonisch nicht.
Wegen meines schlechten Gewissens kaufte ich ein paar Tulpen und fuhr kurzerhand ins Heim. Als ich in den Aufenthaltsraum kam, blieb ich wie versteinert stehen. Es waren zwei Stuhlreihen aufgebaut mit dem Rücken zueinander, sechs Stühle. Es ertönte sehr laute Musik. Ich vermute, dass das die „Oberkrainer" oder „Egerländer" waren, keine Ahnung. Um die Stuhlreihen marschierten, na ja, krochen eher:

Oma Thiel: Sie streckte die Faust immer nach oben und wieder zurück. Dabei sang sie: Rumtata, rumtata.

Nebenbei maulte sie ihren Vordermann an, er solle mal zügiger gehen, man wäre hier doch nicht im Altersheim.

Heinz: Er blieb mit seinem Gehstock immer an den Stuhlreihen hängen.
Das war aber auch keine Kunst, weil er seinen Gehstock verkehrtherum hielt, um sich möglichst schnell einen Stuhl zu ergattern.
Die spielten hier „die Reise nach Jerusalem", ich glaube es ja nicht, entfuhr es mir und setzte mich erst einmal.

Die dritte in der Runde, die vor Heinz schlich, fuhr mit ihrem Rollator Ernst ständig in die Hacken. Das musste *Else* sein, Oma Thiels beste Freundin.
Der Vierte war Ernst.
Die Musik brach ab.

Alle schmissen sich auf die Stühle.
Ernst saß und fragte:

„Wann kommt der Bus?"

Er dachte, an einer Bushaltestelle
zu sitzen.

Der Fünfte im Bunde war
Rudolph, mit ph, darauf legte er
Wert. Er knallte heftig auf den
Boden, weil `Ernst' ihm einfach
den Stuhl wegzog, um sich selbst
zu setzen, bevor der ‚Bus' kam.
   „Das ist eine große Sauerei, du
   hast geschummelt," schrie er
   aufgebracht, und zog maulend
   mit der Bemerkung ab:
   „Blödes Spiel."

Die Musik setzte wieder ein, nachdem
Marius, der Pfleger noch einmal alle
beschwor, doch etwas anderes zu
spielen: etwas, das nicht so gefährlich
wäre. Er bekäme sonst Ärger mit der
Klinikleitung.

„Topfschlagen im Minenfeld ist genauso gefährlich", wehrte sich Oma Thiel. „Also rede nicht, mach weiter mit der Musik! „

„Rumtata, rumtata".

Marius wurde das Gefühl nicht los, das hier alles aus dem Ruder lief. Aber er stellte die Musik wieder an. Alle nahmen langsam wieder Tempo auf. Wieder wurde die Musik unterbrochen, allerdings jetzt nicht von Marius, sondern von der Klinikleitung mit dem Stecker in der Hand und den Worten:

„Was ist denn hier los?"

Leider waren die älteren Herrschaften zu dem Zeitpunkt noch gar nicht so weit. Das war viel zu schnell für sie. Das erkannte Marius und versuchte noch zu retten, was nicht mehr zu retten war.

Er hechtete zu Oma Thiel, die sonst eine gebrochene Hüfte gehabt hätte und fing sie ab.

Sie fiel mit ihrem ganzen Gewicht auf seinen Oberkörper und bohrte ihren Ellenbogen in seinen Hals. Marius schrie auf. Else konnte ihr Gleichgewicht nicht halten und hielt sich am Rollator fest. Leider kippte er mit ihr. Else hatte sich nichts getan, Gott sei Dank.

Der Rollator allerdings raste genau in Marius *Weichteile*. Schmerzerfüllt krümmte er sich am Boden.
Heinz saß auf einem Stuhl und rief: *„Gewonnen, gewonnen,"* während Ernst fragte: *„Wann kommt der Bus?"*

Aufgebracht schrie die Dame von der Klinikleitung Marius an: **„Sofort in mein Büro!"** Doch er konnte sich noch nicht richtig bewegen.

Else hatte Geburtstag. Sie wurde 80. Deshalb hatte sie sich etwas wünschen dürfen: dieses Spiel! Den Rollator brauchte sie nur aus Bequemlichkeit.

Rudolph mit ph kam mit schmerzverzerrtem Gesicht zu mir, und setzte sich.

Ich hatte die Blumen für Oma Thiel auf den Tisch gelegt. Rudolph mit ph nahm wie selbstverständlich die Blumen vom Tisch und donnerte sie voller Wucht zweimal auf die Tischkannte. Die Wut wurde noch unterstrichen mit den Worten:

„War das ein blödes Spiel!"

Dann rauschte er ab. Die Blumen ließen die kaputten Blüten hängen und sahen aus, als wenn sie schon drei Wochen vorher an einer Tankstelle standen. Mich ließ er mit meinem blöden Gesichtsausdruck zurück. Oma Thiel hatte tatsächlich Freunde gefunden, Else und Heinz. Als sie hörte, dass sie in ihr Haus zurückkonnte, war sie sich nicht mehr so sicher, ob sie das auch wollte. Aber als sie sah, was ihr Sohn Kai draus gemacht hatte, war sie überwältigt. Hierher konnte sie sogar ihre engsten Freunde mitnehmen.
Fortan lebte sie mit Else zusammen und Heinz hatte einen extra Bereich für sich, eine kleine Einliegerwohnung.

Geld hatten sie genug, da sie jetzt nur noch die Nebenkosten und ihren Lebensunterhalt bestreiten mussten. Kai hatte sie königlich empfangen und Oma Thiel war überglücklich.

Einmal am Tag kam eine Pflegerin, um nach dem Rechten zu sehen. Gekocht wurde gemeinsam.

Manchmal ließen sich wieder ihre Kinder Manfred und Betty sehen, immer höflich, immer zuvorkommend. Warum dauert so eine Einsicht nur immer so lange?
Jako ist auch wieder da und hat etwas Neues gelernt:

Betty doof……..

Manfred turbodoof…
Von wem er das wohl gelernt hat"

*O*ma Thiel ist verliebt.

Ja, was soll ich sagen, so ganz ohne ihre
neuen Freunde, die sie im Altenheim
kennengelernt hatte, ging es auch nicht.
Sie hatten einmal die Woche einen
Spieleabend. Mal spielten sie Karten,
dann Rummycup, oder sie haben
kniffelten.
Nun war es so, dass die drei ins Heim
fuhren, um die Spieleabende
einzuhalten.
Als es mal wieder so weit war, kam ein
Frischling (Ein Mann) an.
So nannten sie immer die Neuan-
kömmlinge.
Der Neue sah noch passabel aus.
Wir saßen gerade beim Rummycup, als
er von einer Begleitperson und dem
Pfleger Markus vorgestellt wurde:
„Ich bitte kurz um ihre Aufmerksamkeit,
wir haben einen neuen Mitbewohner,
den Herrn „*Werner Spinner*".
Der Herr verbeugte sich leicht, um die
Aufmerksamkeit auf sich zu lenken.

Er trug eine Bundfaltenhose in dunkelblau, dazu schicke schwarze Schuhe. Ein schwarzer Gürtel formte seine gut gefüllte Taille.

Sein Hemd in Hellblau spannte ein bisschen über dem Bauch, was eine Strickjacke ein wenig kaschierte.

Seine Haarkranz war dunkel, aber auch schon auf dem Rückzug.

Seine Koteletten waren Grau.

Man merkte, dass er auch noch so kleine Sonnenstrahlen genossen hat, denn sein Teint war gesund.

Wie alt er wohl war, überlegte sich Oma Thiel und schon kam der:

‚Habenwollen – Schluckreflex!‘

Er wurde ausgerechnet zu ihrem Tisch gebracht, er verbeugte sich nochmal, dann nahm er Platz.

Heinz überlegte kurz, ob er noch alles Original an ihm war, oder ob er schon Ersatzteile hatte.

Die anderen am Tisch waren verunsichert. Spielen wir einfach weiter, oder unterbrechen wir?

Dann übernahm Oma Thiel das Wort: „Ich bin Elfriede Thiel, angenehm."

Er erhob sich ein kleines Stück und deutete einen Handkuss an.

Wie galant dachte Oma Thiel noch, als Else nach vorne schnellte:

„Ich bin die Else und kannst DU zu mir sagen."

Wieder erhob er sich mit einem angedeuteten Handkuss, Else strahlte.

Heinz nahm seine Hand und meinte:

„Ich bin Heinz und meine Hand brauchst du nicht zu küssen, die ist schon sauber."

Ernst ging gerade an unserem Tisch vorbei und fragte:

„Wann kommt der Bus?"

Der Frischling sah erst Ernst verwirrt an, dann mit einem fragenden Gesicht in die Runde.

Er verstand nicht, was die Frage sollte.

Oma Thiel übernahm wieder das Wort:

„Ernst, der Bus ist schon weg, du kannst jetzt ins Bett." Dann an den Frischling gerichtet: „Das ist Ernst und er war früher Busfahrer. Jetzt ist er ein bisschen durch den Wind und fragt fast jeden, wann der Bus kommt, aber egal. Werner, war doch richtig, oder?

Wir duzen uns hier alle, ist das ein Problem?"

„Nein, Verehrteste, selbstverständlich nicht, ich bin Werner."

Das wussten jetzt schon alle.

Denn das haben sich die weiblichen Sinne sofort gemerkt.

Dann stand Werner wieder auf, ging zu seiner Begleitung, die noch mit Margret abseitsstand und sich unterhielt. Sie verließen den Aufenthaltsraum.

Gedankenverloren schauten Oma Thiel und Else, Werner hinterher.

„Spielen wir nun weiter, oder wollt ihr nur träumen?" sagte Heinz etwas säuerlich.

An dem Abend gewann nur Heinz.

Die Damen waren unkonzentriert.

Als Oma Thiel abends in ihrem Bett lag, schlief sie mit dem Gedanken an ‚Werner' ein.

Else lag noch lange wach und überlegte, dass sie das Tuch, das sie im Heim vergessen, hatte doch unbedingt morgen holen muss. Vielleicht begegnet sie ja zufällig ‚Werner'.

Heinz letzter Gedanken war:
,Endlich mal gewonnen, dann
schnarchte er sofort los.'

*

Am nächsten Morgen saßen alle drei am
Frühstückstisch, als es an der Haustür
klingelte.
Als Oma Thiel die Tür öffnete, war es
der Postbote, der ihr ein Telegramm
überreichte.
Sie nahm es entgegen und öffnete es
sogleich.
Es war von Kai, ihrem Sohn aus
Mallorca. Hoffentlich nichts Schlimmes.

Liebe Mama
,STOP'
du bist eingeladen
,STOP'
Am 14.07.2023
'STOP'
5 Tage
,STOP'
Hochzeit am 17.07.23
,STOP'

Flugtickets bereit
‚STOP'
mit 5 Personen
‚STOP'
freuen uns
‚STOP'
Kuss
‚STOP'

Kai und Ulli

Oh, wie schön von Kai, dachte Oma
Thiel. Aber wieso schickt er mir ein
Telegramm?
Ich verstehe gar nicht, wieso er immer
STOP schreibt.
Was ist denn nun am 17.07.23?
Ich verstehe das nicht.
Gedankenverloren ging sie zurück zum
Frühstückstisch, wo sich Heinz ein
gekochtes Ei komplett in den Mund
schob.
„Heinz, kannst du keinen Teelöffel
nehmen?", empörte sie sich, als sie sich
setzte.
„Ich happ teinen gepunden,"
sagte er mit vollem Mund.

Oma Thiel schüttelte den Kopf.

Else meinte nur:

„Mit vollem Mund spricht man nicht!"
Dabei sah sie etwas Eigelb aus seinem
Mund laufen.

Angewidert hielt sie ihm eine Serviette
hin.

„Was ist denn los"? sagte Else daraufhin
zu Oma Thiel.

„Ich weiß nicht so richtig, ich habe ein
Telegramm bekommen, wo Kai schreibt
und auch wieder nicht, immer STOP."

„Zeig mal her", kam immer noch kauend
vom Heinz, der den Rest vom Ei
herunterschluckte. Während er
versuchte mit der einen Hand das
Telegramm zu halten und zu lesen,
versuchte er sich mit der anderen Hand
den Mund mit der Serviette
abzuwischen. Dabei wischte er das
Eigelb über sein Kinn.

Er überflog es und sagte:

„Großartig, wir fliegen alle nach Malle!"

„Und wieso schreibt er immer STOP?",
wollte Oma Thiel wissen.

„Das ist der Punkt", ist ganz normal
sagte er mit voller Überzeugung, als
wenn er das alles wüsste.

Else fuchtelte dabei mit ihrer Serviette über das Kinn von Heinz, um das Eigelb aus ihrem Sichtfeld zu wischen.

Am 17.07.23 heiratet dein Sohn seinen Freund und wir sind alle eingeladen, Flugtickets werden geschickt. Am 14.07.geht es los. Für fünf Leute ist gebucht."

Oma Thiel dachte nach. Also ich, Else, Heinz, sind drei…..

dann nehme ich Conny mit, so als Pflegerin und…….

WERNER

All das sagte sie natürlich nicht laut.

Ach, ist das schön, da freu ich mich aber. Aber bis dahin müssen wir noch viel erledigen. Vor allem muss ich ‚Werner' dazu kriegen mitzukommen, dachte sich Oma Thiel.

Nach dem Frühstück sagte Else:

„Ich muss nochmal weg!"

Schwupp weg war sie. Heinz ging nach draußen, um heimlich seine Zigarre zu rauchen, Nebenbei tat er so, als würde er nach den Blumen schauen, ob die Wasser bräuchten. Es standen 2 Betonkübel auf der Terrasse.

Zur Bestätigung drückte er seinen Zeigefinger in die staubtrockene Erde. Dabei nickte er mit dem Kopf, um es von Weitem so aussehen zu lassen, als wenn die Blumen genug Wasser hätten.

Nachdem Oma Thiel, den Frühstückstisch wieder sauber hatte, rief sie erst einmal mich an.

„Hallo Conny," sagte sie aufgeregt in den Hörer, „wir fliegen nach Mallorca."

„Oh hallo Oma Thiel, wie geht es dir, das ist ja schön, dass du nach Mallorca fliegst, wann denn?"

„Nein, wir fliegen, du kommst mit. Kai heiratet seinen Ulli, ist das nicht aufregend?"

„In der Tat, aber wieso ich?" fragte ich nach.

„Na, eine Person muss doch auf uns aufpassen und da möchte ich dich dabeihaben, bitte sage Ja?"

„Ich muss das erst einmal klären, aber wenn du heute Zeit hast, komme ich gegen Mittag vorbei."

Das passte Oma Thiel sehr gut.

Als nächstes rief sie Betty an, um rauszubekommen, ob sie etwas von der Hochzeit wusste.

„Hallo, mein Kind, wollte mal wissen, wie es euch geht, habe dich ja schon länger nicht mehr gehört", sagte sie liebevoll in den Hörer.

Die Antwort kam Pronto:

„Brauchst du irgendwas, oder soll ich etwas machen?"

„Nein, wollte nur wissen, wie es dir geht. Habt ihr denn schon euren Urlaub geplant?"

„Ja, Jürgen will nach Holland, das ist nicht so teuer. Sage mal, kannst du unseren Hasen nehmen und den Hund? Oder kann deine Freundin den Hund nehmen, diese Conny?"

Oma Thiel fragte: „Wann fahrt ihr denn?"

„Am 10.07. für 14 Tage" kam zurück.

Das heißt also, wenn Betty nichts weiß, wird Manfred auch nichts wissen. Also hat Kai sie nicht eingeladen, dachte Oma Thiel.

„Conny ist da selbst im Urlaub, aber den Hasen nehme ich gern. Den Hund kann doch der Manfred nehmen."

„Okay, dann frage ich den. Ich komme demnächst mal vorbei, um nach dir zu sehen", versprach sie und legte auf.

Else war völlig aus der Puste, als sie im Altenheim ankam. Sie huschte sofort auf die Gästetoilette, um sich einzusprühen und ihr verschwitztes Gesicht zu pudern. Dann ging sie scheinheilig umher, und stellte Fragen nach ihrem Tuch, das sie hier liegengelassen hatte. Dabei versuchte sie den Blick schweifen zu lassen, um vielleicht ‚Werner' irgendwo zu sichten.

Markus, der Pfleger kam auf sie zu:

„Hallo Else, alles fit bei dir? Suchst du deinen Rollator?"

„Ja, nun schrei doch nicht so laut, muss ja nicht jeder mitbekommen, dass ich hier bin."

„Ah, okay, alles fit?" flüsterte Markus jetzt.

Genau in diesem Moment kam Werner
von einem Sparziergang im Garten
zurück und erkannte Else.
„Ach wie entzückend, das ist doch die
liebe Else," sagte er strahlend.
Else wurde puterrot im Gesicht.
„Ach hallo, Werner war doch richtig,
oder?", fragte sie nach.
Obwohl sie genau wusste, dass er
Werner hieß. „Ja richtig, Werner
Spinner," wobei er den Nachnamen fast
verschluckte, als er galant ihren
Handrücken anhauchte.
„Ja, ich habe meinen Schal hier
vergessen, das gute Stück. Den wollte
ich nur schnell holen und mich dann
wieder meiner Gartenarbeit zu Hause
widmen," lächelte sie gekünstelt.
„Sind Sie, oh entschuldige, bist du allein
hier, oder sind deine Spielkollegen auch
hier?", fragte er nach.
„Nein, ich bin ganz allein hier,"
antwortete sie freudig. In der Hoffnung,
dass er sie zum Sparziergang einlud oder
zum Kaffee, oder vielleicht auf einen
Sekt. Aber er sagte nur:

„Dann grüße bitte Elfriede und Heinz
von mir und vielleicht sieht man sich am
Freitag ja wieder zum Spieleabend.
Vielleicht darf ich dann mitspielen?"
Angesäuert, dass er die Unterhaltung für
beendet erklärte und weiterzog, drehte
sie sich zu Marius um und keifte den an:
„Warum stehst du hier denn so blöd
rum, wo ist denn nun mein Schal?"

*

So gegen 11:45 Uhr klingelte ich bei
Oma Thiel.
Sie hatte ein rotes Gesicht.
Als ich die Wohnküche betrat, wusste
ich warum. Eine geöffnete Flasche Sekt,
aus der schon ein gutes Glas fehlte,
hatte zu ihrer Hautfarbe beigetragen.
Sie schenkte, ohne zu fragen ein zweites
Glas für mich ein und ihres wieder voll.
„Sag mal," fing sie schüchtern an,
„woran merkt man eigentlich, dass man
verliebt ist?"
„Äh, ich dachte, ich bin wegen des
Urlaubes hier?"

Oma Thiel erzählte mir die Geschichte
von ihrem ‚Werner'.
Dann sah sie verträumt aus dem
Fenster.
Oh weh, dachte ich, sie hat`s erwischt.
Irgendwie schon süß.
Wir besprachen alles weitere und was
sie noch alles erledigen musste, bevor
der Freitag, ‚Spieleabend' kam.

Neue Friseur, mit neuer Farbe,
neue Brille, mehr Pep,
und neues Outfit, jugendlicher.

Ich sollte bei allem helfen und den
anderen nichts sagen.
Mir passte auch das Abflugdatum,
sodass ich mitfliegen konnte und ich
wusste, dass *Werner'* von alledem noch
nichts wusste.

Keine Bewegung

Wir verabredeten uns für Mittwoch.
Eine neue Brille musste her und zum
Friseur mussten wir.
Als ich sie abholte, glühte sie schon
wieder im Gesicht.
Als ich sie fragte, weil ich ihre Sektfahne
roch, meinte sie nur:
„Ich konnte den Rest ja schlecht
wegschütten, gell?"
Als erstes war die neue Brille dran.
Bei Fielmann wurden wir herzlich
begrüßt, mussten auch nicht lange
warten und wurden vorzüglich beraten.
Oma Thiel wollte etwas Modernes,
elegantes auf der Nase tragen. Es war
nicht einfach, sie zufrieden zu stellen.
Nach geschlagenen zweieinhalb
Stunden, meinte sie zur Verkäuferin:
„Ich überlege mir das nochmal und gebe
dann Bescheid."

Ich hob nur meine Schultern, meinen Blick auf die Verkäuferin gerichtet, mit einem entschuldigenden Lächeln.
Dann verließen wir den Laden. Draußen meinte Oma Thiel: Da vorne an der Ecke hatte ein neues Brillengeschäft aufgemacht. 30 % auf alles.
Da wollte sie noch vor dem Friseur hin. Der Verkäufer sah richtig nett aus und erklärte Oma Thiel, sie solle doch bei so schönen Augen:

‚Kontaktlinsen tragen‘.

„Die sind auch ganz leicht rein und wieder rauszuschieben. Jeder Mann würde sofort dahinschmelzen, wenn er in ihre blauen Augen schaut", umgarnte der Verkäufer die ältere Dame.
Eigentlich hatte sie grüne Augen, aber blaue sind auch großartig, dachte sie.
Sie war zufrieden und er setzte die Linsen auch gleich nach mehreren Versuchen bei ihr ein. Die Augen waren von der Anstrengung gerötet.
Jetzt kniff Oma Thiel die Augen zusammen, sah in den Spiegel und?

Sie konnte nichts sehen!

„Ich dachte, du wolltest eine neue Brille?", fragte ich nochmal vorsichtig an.

Es sollte eine Typveränderung sein, was ich bei Kontaktlinsen nicht erkennen konnte.

Egal, die waren zwar noch teurer als die Brille, aber sie wurden gekauft. Jetzt dachte sie, sie hätte blaue Augen.

„Geschafft, jetzt frühstücken wir erst einmal und trinken einen Sekt," sagte Oma Thiel gut gelaunt.

Beim Frühstück fragte sie mich immer wieder:

"Wie sehen meine Augen aus?"

Na ja, eine Brille wäre in ihrem Alter leichter gewesen, verschwieg es aber und meinte stattdessen:

„Ungewohnt, aber sehr schön."

Ich konnte keinen Unterschied sehen.

Nach zwei Gläsern Sekt ihrerseits, ich habe nur eins getrunken, sollte es weiter gehen zum Friseur.

Nun haben die Kontaktlinsen doch so einiges mehr gekostet, als erwartet, also musste sie vorher noch zur Sparkasse, Geld abheben.

Gut gelaunt und angesäuselt betraten wir eine Sparkasse. Mir war das zu voll, also sagte ich:

„Ich warte draußen!"

Außerdem finde ich, dass es eine Privatsphäre ist, Geld abzuholen.

Nun muss ich sagen, wir waren heute Morgen ziemlich in Eile. Kurz bevor wir aus dem Hause gingen, verschüttete Oma Thiel etwas von ihrem Sekt über ihre Bluse.

Der Pullover von Heinz hing noch über seiner Stuhllehne.

Das er aber auch immer seine Sachen liegen ließ. Also nahm sie sich den Pulli, der ihr viel zu groß war und zog ihn über.

Der Fleck war somit nicht mehr zu sehen.

Ich atmete draußen erst einmal durch, weil es schon anstrengend war. Aber ich genoss die zarten Sonnenstrahlen, die sich immer wieder hinter den Wolken blicken ließen.

Als Oma Thiel in der Warteschleife stand,

kramte sie in ihrer Handtasche nach der
Karte, um das Geld abzuholen. Sie
wollte ihre Brille zurechtrücken, so wie
sie es immer tat.
Dabei bemerkte sie, durch die viel zu
langen Ärmel von Heinz Pulli, dass sie ja
gar keine mehr aufhatte. Sie lächelte
und fasste sich an ein Auge. Da
bemerkte sie etwas. Eine Kontaktlinse
rutsche ihr aus dem Auge.
Sie bückte sich, und sah alles
Verschwommen. Oh Gott, dachte sie,
ich habe eine Linse verloren, sagte aber
sehr laut:

„Keine Bewegung!"

Sie hob zur Unterstützung beide Arme
hoch. Durch die längeren Ärmel ihres
Pullover sah man die Hände nicht.
Vielmehr sah es so aus, als hätte sie
zwei Waffen darunter.
Alle Leute in der Bank blieben wie
erstarrt stehen und hoben ihre Hände.
„Keiner bewegt sich, ist das klar?"
schob sie zur Warnung noch hinterher.
Ein Bankangestellter drückte heimlich
den roten Knopf, der Alarm auslöste:

‚Banküberfall in der Sparkasse!'

*

Ich saß immer noch draußen auf einer
Parkbank und genoss die Ruhe.
Von weitem hörte ich Polizeisirenen.
Diese kamen immer näher, bis sie vor
der Sparkasse still wurden.
Zwei Polizisten stürzten aus dem Auto
und zogen ihre Waffe aus dem Halfter.
Ich sah dem Treiben der Polizisten ganz
entspannt zu. Es wurde einem noch
etwas geboten heutzutage.
Ein weiterer Polizeiwagen und ein
Einsatzwagen kamen hinzu. Aus dem
Einsatzfahrzeug kamen mehrere
vermummte Männer gesprungen.
Ich dachte:
`Das ist wie im Film, wie aufregend`.
Mit Maschinengewehren bewaffnet
stürmten sie die Sparkasse. Andere
Vermummte gingen draußen in Position.
Erst in dem Moment sagte ich laut zu
mir selbst:

„Oh mein Gott, da drin ist ein Banküberfall und Oma Thiel ist noch drin. Warum bin ich nicht bei ihr geblieben, Oh mein Gott."

Als die bewaffneten Männer hineinstürmten, sahen sie nur Menschen, die die Arme in die Luft hielten.

Ok, eine alte Dame kauerte zwar am Boden, aber wo waren die Täter? Etwa schon geflüchtet?

Eine Person zeigte dann mit erhobenen Händen auf die alte Dame, die mittlerweile auf allen Vieren auf dem Boden rumkroch.

Ich stürzte hinter dem Einsatzkommando in die Sparkasse. Ich sah Oma Thiel am Boden. „Oh Gott, sie ist verletzt!", schrie ich raus.

Ein Polizist meinte zu mir:

„Gehen sie raus, sie haben hier nichts zu suchen."

Dann sah ich nur noch, Handschellen klickten und Oma Thiel wurde abgeführt.

Oma Thiel war sich dessen gar nicht bewusst und schrie:

„Lasst mich los, ihr Volltrottel, ich muss sie finden, die hat Geld gekostet."
Die Beamten verstanden nur: **Geld!**

＊

Ich rief ihr hinterher, aber sie hörte mich nicht mehr, weil sie sich nur noch mit den Polizisten beschäftigte.
Als ich in der Bank war, um zu fragen, was denn hier los sei, meine eine Frau:
„Die Oma hat die Bank überfallen, die traut sich was."
Ich verstand nur Bahnhof und bekam raus, wo Oma Thiel sich aufhielt.
Jeder erzählte mir, dass die Oma die Bank überfallen hätte. Also besorgte ich ihr einen Anwalt.
Der brachte Licht ins Dunkel und sie wurde vorläufig gegen eine Kaution freigelassen. Sie durfte aber das Land nicht verlassen.
Oma Thiel verstand die Welt nicht mehr.
„Ich habe doch gar keine Bank überfallen. Nur eine Kontaktlinse ist mir aus dem Auge gefallen.

Ich hatte auch keine Waffen in der Hand. So ein Blödsinn. Der Pulli von Heinz war doch zu groß an den Ärmeln, und als ich meine Hände nach oben hielt und `keine Bewegung` schrie, sah das so aus, als wären da Waffen unter. Aber es waren nur meine Finger," wimmerte sie. „Außerdem sollte keiner auf meine Kontaktlinse treten. Deshalb sollte sich keiner bewegen. Diese blöde Kontaktlinse!

Na ja, und zum Friseur habe ich es jetzt auch noch nicht geschafft. Ich muss doch beim nächsten Spieleabend gut aussehen, wegen Werner."

Sie plapperte einfach drauf los.

Ich beruhigte sie erst einmal und meinte:

„Das kriegen wir alles noch hin."

Nachdem sich Oma Thiel ein wenig beruhigt hatte, trat ich meinen Heimweg an. Ich war fix und fertig.

Oma Thiel rief noch beim Friseur an und fragte, ob sie nicht morgen kommen könnte. Aber leider gab es erst einen Termin in der nächsten Woche.

Nun ging sie nochmal los, um ein Haarfärbemittel für sich zu kaufen.

‚Das bisschen Farbe bekomme ich auch allein hin', dachte sie.

In der Drogerie ließ sie sich beraten und kaufte sich ein totschickes grau.

Wieder zu Hause schloss sie sich im Badezimmer ein. Sie rührte die ganze Farbe an und versuchte, Strähne für Strähne, so wie die Verkäuferin ihr das erklärt hatte, einzubringen.

‚Oh, das geht aber in die Arme', dachte sie.

Nach sechs Strähnen, sie konnte die Arme nicht mehr heben, gab sie sich den Rest der Farbe ins Haar, massierte es ein bisschen ein und band sich mit einem Handtuch einen Turban auf den Kopf.

Dann ging sie in die Wohnstube und holte einen Katalog raus, um schon mal zu schauen, was so modern ist.

Sie würde morgen mit Conny shoppen gehen. Sie freute sich schon.

Heinz kam ins Haus.

„Hast du meinen Pullover gesehen, Elfriede?" fragte er.

„Ja, ich habe ihn in die Wäsche getan, er war schmutzig," antwortete sie wahrheitsgemäß.

„Der war doch noch sauber,"
protestierte er im Hinausgehen.
Dann kam Else nach Hause.
„Wo warst du denn?", fragte Oma Thiel.
„Ach, ich habe mir ein neues Kleid
gekauft", und dann war ich noch kurz im
Altenheim, da hatte ich meinen Schal
liegen lassen."
Das Kleid ignorierte Oma Thiel.
„Du warst nochmal im Heim?"
Ihre Halsschlagader klopfte vor
Aufregung.
„Ja, wieso?" gab sie ganz unbeeindruckt
zurück.
„Und, gab es was Besonderes?
Oder hast du jemanden getroffen?"
fragte Oma Thiel so unauffällig wie nur
möglich nach.
„Ja, ich habe Werner kurz zufällig
getroffen, er fragte, ob er beim
nächsten Spieleabend mitspielen darf?"
Irgendwie bekam Oma Thiel schlecht
Luft. Was roch denn hier so nach
Chemie?
„Oh, Mist" rief sie und stürmte ins
Badezimmer.

Sie war gute 25 min. über die Zeit, ihre
Farbe auswaschen zu müssen.
Resultat: ‚Ihre Haare waren grau- lila.‘
Sie rief mich an und heulte am Telefon.
„Ist doch kein Problem, ich bringe eine
Silbermaske mit, das wird schon,“
beruhigte ich sie.

*

Am nächsten Tag behoben wir erst
einmal ihre lila Haare mit einer Packung
‚Silbermaske‘.
Jetzt sah das schon viel besser aus.
Dann meinte sie zur mir, als wir zum
Shopping aufbrachen:
„Ilse hat sich ein neues Kleid gekauft,
diese Schlange.“
Na ja, viel besser war sie ja auch nicht,
dachte ich, sagte es aber nicht.
Wir kamen in einem Laden an.
Die Verkäuferin hatte
die Kleidergröße eines Skelettformats.
Die Eingangstür hatte sich noch nicht
ganz geschlossen, als sie süffisant fragte:
„Was kann ich für Sie tun?“

Oma Thiel antwortete genauso
freundlich:

„Erst einmal möchte ich den Laden ganz
betreten und nicht mit einem Bein noch
draußen auf dem Gehweg stehen.
Zweitens suche ich etwas
Aufgeschlossenes, modernes,
aufregendes zum Anziehen", hauchte
sie die Verkäuferin an.

„Ach, <u>Sie</u> suchen etwas," fragte die
Verkäuferin enttäuscht. „Da müssen Sie
eine Treppe höher gehen. Der Fahrstuhl
ist da vorne rechts."

Sie ging davon aus, dass ich etwas
suche, nicht Oma Thiel.

„Danke, aber ich nehme die Treppe, das
schaffe ich gerade noch", sagte Oma
Thiel doch jetzt etwas angesäuert.

Im oberen Stockwerk kam uns eine
Dame entgegen, die sich bewegte,
als wenn sie Monate davor im Koma
gelegen hätte.

Ich dachte noch: ‚Haben die das
Rentenalter jetzt auf 90 Jahre hoch
gesetzt.‘

Diese *Verkäuferin* war so alt, a*ls sie noch
ihre Regel hatte,*

gab es noch keine Tampons, sondern so
kleine Matratzen für zwischen die Beine.
Oma Thiel schaute mich an und meinte:
„Mein Haltbarkeitsdatum ist noch nicht
abgelaufen, lass uns bitte woanders
hingehen."
Beim Hinausgehen kam uns sofort
wieder dieses Skelettwesen entgegen
gehuscht und frage:
„Nichts passendes gefunden?
„Sie sollten da besser an den Stadtrand
fahren, da ist so ein Laden, die haben
auch gediegene Kleidung."
Oma Thiel fauchte sie an:
„Sind sie mein Bewährungshelfer, oder
warum sagen sie mir, was ich zu tun und
lassen habe?"

Von dort aus sind wir erst einmal einen
Sekt trinken gegangen. Danach ging der
Einkauf wie von selbst.
Wir fanden einen schicken Rock, eine
elegante weiße Bluse, ein aufregende
Jacke, in der Farbe Aubergine. Dazu
noch ein paar Schuhe mit wenig Absatz,

und ein farbiges Halstuch, das ihren
faltigen Hals verdecken sollte.
Oma Thiel war stolz auf ihre neuen
Sachen.
Danach gingen sie mit guter Laune
nochmal in den Laden:

,Fielmann',

wo sie dann doch die Brille gekauft
hatte, die ja eigentlich zu teuer war. Die
Kontaktlinsen sind nichts für Leute wie
sie. Mit der neuen Brille und der Friseur
sah sie jetzt schon zehn Jahre jünger
aus.
Sie wollte am nächsten Spieleabend gut
aussehen, und freute sich auf Werner.

**pinner**

Endlich war es soweit, der Spieleabend
war da.

Heinz hatte seinen Pullover an, den er ungewaschen aus dem Wäschekorb geholt hatte.

Ilse hatte ihr neues Kleid an, was Oma Thiel ein Dorn im Auge war.

Oma Thiel hatte ihre neue Brille, neue Kleidung und glänzendes Haar. Sie sah hübsch aus. Sie bewegte sich auch viel selbstbewusster.

Ich hatte mich überreden lassen, die Damen zu schminken und ins Heim zu fahren.

Zurück würden sie mit einem Taxi fahren.

Als sie ausstiegen, meinte ich noch zu Oma Thiel: „Denke daran, Pech im Spiel, heißt Glück in der Liebe."

Dabei machte ich ihr ein Knipsauge.

Im Aufenthaltsraum war die Hölle los.

Ein buntes Treiben und Lachen erfüllte den Raum.

An machen Tischen standen Rollatoren, oder Sparzierstöcke standen im Weg.

„Wo ist eigentlich dein Rollator?", fragte Oma Thiel die Else.

„Den brauchte ich ja nur kurz, ich bin noch zu jung, um mich mit einem Rollator fortzubewegen."

„Na ja, 80 ist nicht mehr so taufrisch,"
grinste Oma Thiel die Else an.

Die verzog das Gesicht.

Von Werner allerdings keine Spur,
dachten beide Frauen.

Ok, bloß nicht so auffällig verhalten und
einen freien Tisch ergattern.

Unser Tisch war besetzt, so ein Mist.

Else keifte die anderen Älteren an, und
meinte, sie sollen sich doch einen
anderen Tisch suchen, dieses wäre ihrer.

Ihre Stimme überschlug sich fast.

„Guten Abend, gnädige Frau", hauchte
Werner Oma Thiel ins Ohr.

Sie sog seinen Duft ein und wusste,
ohne sich umzudrehen, dass „ER" es
war.

Else verstummte sogleich und meinte:
„Die hier haben unseren Tisch einfach
genommen, obwohl sie genau wissen,
dass wir den immer haben."

„Das ist doch nicht schlimm, liebe Else.
Ich habe einen schöneren Tisch
gefunden und ihn für uns reserviert. Ich
darf doch mitspielen?" fragte Werner
spitzbübisch nach.

„Ja, doch ja, klar" stammelte Else.

Oma Thiel schaute ihn verschmitzt an und raunte: „Guten Abend Werner".
Er nahm ihre Hand und hielt sie länger als nötig und hauchte ihr einen Kuss auf den Handrücken.
Einen Hauch von Gänsehaut durchflutete Elfriede, dann nahm sie Platz.
Heinz schnaubte: „Der ist doch auch gut, Hauptsache wir sitzen schön".
Else verlangte auch ihren Handkuss.
Bekam ihn allerdings nur flüchtig, was Oma Thiel natürlich gefiel.

Die Mädels konnten sich gar nicht richtig konzentrieren, schauten manchmal unauffällig zu Werner. Einmal trafen sich die Blicke von Elfriede und Werner, wie hieß er noch gleich mit Nachnamen?
Egal, Hauptsache zusammen, träumte Elfriede.
Als Werner eindringlich Else anschaute, weil sie am Zug war, kam *Ernst.*
Er klopfte Else auf die Schulter und fragte:
„Wann kommt der Bus?"

Else hatte sich so sehr erschrocken, dass
die Rummycup Plättchen aus ihrem
kleinen Ständer fielen.
„Mensch, Ernst, musst du dich immer so
anschleichen?" keifte sie ihn an.
Werner stand auf, nahm einfach die
Hand von *Ernst* und sagte:

„Gestatten, Spinner!"

Völlig verwirrt schaute Ernst den
Werner an und verstand überhaupt
nicht, warum er ein *Spinner* sein sollte.
Er schüttelte den Kopf und zog von
dannen, auf den nächsten Tisch zu.
Werner und Elfriede kicherten ein
bisschen und schauten sich verschmitzt
in die Augen.
‚Der Spieleabend wird ein voller Erfolg',
dachte Elfriede.
Die einzigen Gewinner in diesem Spiel
waren heute Heinz und Else.
Else musste mal auf die Toilette und
wollte, dass Elfriede mitgehen sollte.
Diese aber musste nicht. Sie wollte viel
lieber bei Werner bleiben, weil auch
Heinz sagte, dass er sich mal eben die
Beine vertreten würde.

Heinz wollte mal schnell an seiner Zigarre ziehen und begab sich nach draußen.

Als Werner mit Elfriede allein war, meinte er: „Du siehst heute so anders aus, richtig flott. Ich wollte dich fragen, ob wir demnächst mal zusammen einen Kaffee trinken wollen. Oder einfach nur zusammen sparzieren gehen?".

„Ja," hauchte sie zurück, „liebend gern". Zu mehr kam sie nicht.

Heinz kam zurück und sein Pulli war voller Blut.

„Was ist passiert?" fragte Oma Thiel.

„Ja, ich weiß nicht so richtig. Ich wollte ein bisschen frische Luft schnappen. (Das mit der Zigarre verschwieg er lieber) Dann kam *Ernst* und fragte einen Angetrunkenen nach dem Bus, so wie er eben ist. Der Angetrunkene, ich kannte den nicht, schubste Ernst so auf den Gehweg, das er liegen blieb. Ich machte mir Sorgen und wollte helfen, als mich dieser Typ wegschubste. Da habe ich ihn mit meiner Faust auf die Nase geschlagen. Dann lief er weg.

Um Ernst kümmert sich jetzt Marius, der gerade eine Zigarettenpause machen wollte," antwortete er treuherzig.

Else kam von der Toilette, sah Heinz mit dem schmutzigen Pullover an und schnauzte ihn an:

„Hättest du dir nicht einmal etwas Sauberes anziehen können?"

Als alle wieder Platz nahmen und eigentlich weiterspielen wollten, kam die Polizei reingestürmt.

Der Angetrunkene Typ von vorhin war dabei. Er zeigte auf Heinz und meinte:

„Das ist der Kerl, der mich so zusammengeschlagen hat."

Heinz war völlig verwirrt und schaute Werner hilfesuchend an. Weil er wusste, dass man sich in dem Moment nur auf Männer verlassen kann.

Der stand sofort auf und meinte zu dem Polizisten:

„Spinner!"

„Bitte?",
fragte der Polizist nach.

„Spinner!"

Werner buchstabierte:

"S P I N N E R,

Spinner!"

Zu mehr kam er nicht. Die Handschellen schlossen sich um das Handgelenk von Werner und Heinz.
Else verstand kein Wort und Oma Thiel verspürte den Drang auf die Toilette zu gehen.
Diesen Polizisten kannte sie noch von dem
,Banküberfall' grins.

Nun waren die Mädels allein, gut angezogen, ausgehfertig und keiner da.
Marius hatte Feierabend und wollte gerade gehen, als die Mädels ihn aufhielten und fragten:
„Haben sie Lust, sich von zwei so netten Damen zum Drink einladen zu lassen?"
Da er eh immer allein war und nichts anderes vorhatte, hatte er Lust.

Sie landeten in einer Bar, in der Marius Stammgast war.

Die Kumpels grölten, als Marius, mit einer Dame rechts, der anderen links in die Kneipe kam.

„Hey, Marius, schaffst du keine Jüngere mehr, muss du dir die Leichen vom Friedhof holen?"

Oma Thiel schaute den Zurufenden nur an und meinte:

„Bringen sie dem Herrn mal Malstifte, er möchte beschäftigt werden."

Der ganze Laden grölte.

Der Zurufende verstummte sofort und guckte gequält.

An der Bar gab es Sekt und etwas Vernünftiges:

Ramazzotti

Die Stimmung wurde mit jedem Glas besser. Oma Thiel, also Elfriede machte sogar Witze und sagte: „Immer, wenn ich sparzieren gehe Jungs, nehme ich meine Patientenverfügung mit, man weiß ja nie, ob man die vielleicht braucht."

Else lachte am lautesten, deshalb schob
Oma Thiel noch einen hinterher.
„Wenn Else sich nach einem jüngeren
Mann umschaut, denkt der gleich, er
müsse ihr über die Straße helfen,
ha, ha, ha." Dabei schlug sie mit der
flachen Hand auf den Tisch.
Alle lachten, nur Else nicht.
Ja, Elfriede war ausgelassen und
glücklich an dem heutigen Abend.
Irgendwann am Abend meinte sie noch
lallend zu Else:
„Aber morgen müssen wir Werner und
Heinz aus dem Gefängnis holen, aber
nicht heute, dazu bin ich viel zu müde."

Oh, wie du duftest.
Hi, hi, am Hals bin ich kitzelig,
du Schelm, du.
Hör nicht auf, hör bitte nicht auf,
mach weiter, immer weiter,
oh, wie schön.

Stell doch mal das Faxgerät ab,
verdammt.

*Oh, du bist so gut zu mir, ich liebe dich
so sehr…..*

Stellt doch endlich mal das Fax aus!

*,Wieso Fax? Ich habe doch gar kein
Faxgerät',* dachte Elfriede.

Diese Situation ist folgende:

Wenn man vor dem Bett von
Oma Thiel steht,
*liegt rechts: Oma Thiel
In der Mitte: Else
Links: Marius (Das Faxgerät)
Ganz links:
Die Zähne von Else im
Wasserglas.*

Oma Thiel öffnet ein Auge und schaut
direkt in das Gesicht von Else. ,Die sieht
so verändert aus,' denkt sie.
Das Fax knattert.

„Else!", rief sie daraufhin und schubste sie an:

„Was machst du in meinem Bett und wo ist Werner?"

Verdammt, das wollte sie gar nicht sagen. Erst jetzt merkte sie, dass sie geträumt hatte.

Else schaut mich völlig ratlos an und sagt: „Wad is los?"

Was ist das für ein Geräusch, dachte Oma Thiel, und wo hat Else ihre Zähne? Beide setzten sich aufrecht ins Bett. Sie hatten das Faxgerät gefunden. Ganz langsam zogen sie die Bettdecke weg. Marius kam zum Vorschein, der wie ein Faxgerät schnarchte.

Sie schrien beide laut auf!

Marius erwachte daraufhin und erschrak ebenfalls.

Else sah ihre Zähne im Wasserglas auf dem Nachtisch vor Marius stehen:

„Bib mi ine Tähne," schrie sie aufgeregt und stürzte sich auf das Wasserglas, über Marius hinweg.

Sie setzte in Windeseile ihre Zähne ein und schrie Marius an:

„Was machst du in meinem Bett?"

„Wieso dein Bett, das ist vielleicht mein Bett?", erwiderte Oma Thiel und dann mit Nachdruck: „Verschwindet beide aus meinem Bett."

Marius verstand nichts mehr. Was ist denn gestern noch alles passiert. Wir sind alle abgestürzt.

Der Ramazzotti war schuld.

Er sah an sich runter, indem er die Decke anhob. Nur eine Boxershorts an. Else stand auf und hatte etwas Zeltartiges an. Dabei zog sie Marius die Bettdecke weg.

,*Was habe ich denn alles getrunken*', *dachte er. Dann fiel sein Blick auf das Wasserglas auf dem Nachtisch, aus dem Else gerade ihre Zähne herausgefischt hatte.*

Es hatte eine gelbliche Farbe……..

,*Oh, mein Gott, ich habe doch nicht noch Wasser getrunken, bevor ich ins Bett ging*', *dachte er aufgeregt.*

Er machte ein angewidertes Gesicht und sammelte seine Klamotten, die verstreut auf dem Boden lagen ein und raste mit den Worten: „Oh Gott, oh mein Gott, ich trinke nie wieder!", aus dem Schlafzimmer.

Als Else und ich am Frühstückstisch saßen, versuchten wir uns daran zu erinnern, was noch alles in der Kneipe passiert ist.

Dann, oh, weh.

„Wir haben die Männer vergessen", schrie Oma Thiel auf.

„Heinz und Werner sitzen bestimmt noch im Gefängnis?"

Else und ich machten uns nach geschlagenen zwei Stunden auf den Weg zur Polizei. Wir mussten uns erst einmal restaurieren, denn wir waren die Gesicht Ältesten an diesem Morgen.

An der Wache angekommen, war der Polizist, der Elfriede vorher festgenommen hatte, nicht da. Oma Thiel war erleichtert.

Die Männer sind gestern schon wieder auf freiem Fuß gewesen.

Werner hatte das Missverständnis aufgeklärt, dass er mit ‚Spinner' nicht den Polizisten meinte, sondern dass dies sein Nachname sei.

Heinz hatte eine Anzeige wegen Körperverletzung bekommen.

Obwohl das noch geklärt werden müsste. Denn er hatte ja Ernst geholfen, das war wichtiger.

Wieder zu Hause angekommen, legte sich Else ins Bett, sie war müde und wollte einen Mittagsschlaf machen.

Oma Thiel schaute in der Wohnung unten nach, ob Heinz da war. Er hatte nach zweimal Läuten nicht geöffnet. Also ging sie mit einem Ersatzschlüssel rein. Ihm hätte auch etwas passiert sein können. Aber Heinz war nicht da.

Sein Bett unberührt. Auf dem Tisch lagen Zigarren. Von wem die wohl sind?

Oma Thiel machte sich auf den Weg zu Werner in die Residenz. Sie hatte einen Grund, nämlich Heinz suchen.

Als sie in der Vorhalle ankam, die eher wie eine Empfangshalle vom Grandhotel aussah, kam ihr Marius entgegen.

Als er Oma Thiel sah, drehte er sich gleich um, und wollte einen anderen Weg einschlagen. Aber Oma Thiel rief: „Marius, so warten Sie doch".

„Ach hallo, ich habe Sie gar nicht gesehen."

„Wieso siezen wir uns denn jetzt wieder?" fragte Oma Thiel nach.

Aber ich glaube, ihm war die Sache sehr unangenehm.

„Marius, nun mach doch nicht so ein Wind aus der Sache", sagte Oma Thiel ganz zuversichtlich.

Erleichtert meinte Marius: „Wir erzählen es keinem, oder?"

„Was erzählen wir keinem?" kam zeitgleich von Werner und Heinz, die gutgelaunt von draußen reinkamen.

„Wo kommt ihr denn her, ich war schon auf der Polizeiwache", sagte Elfriede mit festem Ton.

„Als wir gestern nach einer Stunde schon wieder hier waren, wart ihr schon weg," meinte Heinz. „Da sind wir noch auf Werners Zimmer gegangen und haben uns einen genehmigt."

Erst jetzt trat auch Werner in den Vordergrund.

Er begrüßte sie wieder mit: „Gnädige Frau". Ein Handkuss huschte über die Handfläche von Elfriede. Wieder eine Gänsehaut durch den ganzen Körper.

„Darf ich dich zu einem Kaffee einladen", kam jetzt auch noch von Werner. Noch bevor Elfriede antworten konnte, meinte Heinz:

„Ich muss leider los, Zähne putzen. War
aber schön bei dir Werner. Ich hoffe, ich
habe nicht so laut geschnarcht?"
Heinz hatte bei Werner übernachtet.
Beim Thema Zähne musste Marius, der
abseitsstand, wieder an heute Morgen
denken. Sein Magen drehte sich und er
verabschiedete sich mit den Worten:
„Ich muss dann mal weitermachen."
Endlich war Elfriede mit ihrem Werner
allein.
Fragend schaute er sie an: „Käffchen?"
„Sehr gerne", sagte sie und dachte:
‚und noch viel mehr'.
Sie setzten sich auf die Terrasse an
einen ungestörten Platz und waren
endlich allein.
Die Funken sprühten, das sah ja ein
Blinder. Er fragte:
„Warst du schon mal verheiratet?"
„Ja, dreimal, Tendenz steigend,"
himmelte sie ihn an.
„Dreimal?" fragte Werner jetzt doch ein
bisschen verwundert nach.
„Ja, bei meinem ersten Mann war ich
gerade achtzehn Jahre alt. Ich wollte
Kinder, mein Mann wollte mit dem
Campingbus durch die USA fahren.

Also haben wir uns scheiden lassen. Meinen zweiten Mann, den Detlef, habe ich nur geheiratet, damit seine Eltern nicht merken, dass er schwul war. Als es rauskam, ließen wir uns wieder scheiden. Mein dritter Mann, der Eduard, kurz Ede genannt, mit dem habe ich drei Kinder bekommen.

Den Manfred, das ist der älteste. Kai, der Mittlere und Betty, die jüngste. Kai lebt auf Mallorca und heiratet seinen Mann Ulli am 17.07. Betty ist verheiratet und wohnt bei mir in der Nähe und Manfred zehn Minuten mit dem Auto von mir entfernt.

Ede, also mein Mann ist leider gestorben.

Er hatte Bauchspeicheldrüsenkrebs. Vorher gesund und dann, 3 Monate später tot. Seitdem lebe ich allein und habe auch keinen Lebenspartner, und du?"

Werner kam ins Grübeln.

„Ich war nur einmal verheiratet, mit Vicky, also Victoria hieß sie. Alle nannten sie Vicky. Meine Frau hat mich vor drei Jahren verlassen.

Sie hat sich in unserem Afrika- Urlaub in einen 26 Jahre jüngeren Nigerianer verliebt.

Wir haben zwei Kinder, ein Junge und ein Mädchen. Beide sind Ärzte geworden. Kathi hier im Ort im Krankenhaus, und Meike in Atlanta, in den USA.

Ich bin auch allein."

Aufrichtig hörte Oma Thiel zu. Dann legte sie wie selbstverständlich ihre Hand auf Werners, die auf dem Tisch ruhte. „Was ist, wenn du einfach mit nach Mallorca kommst. Ich habe fünf Ticket und eins habe ich über. Mein Sohn Kai, ein ganz lieber Mensch heiratet seinen Freund. Oder hast du damit ein Problem, dass er ein Mann heiratet?"

„Gott bewahre, nein, ich habe kein Problem. Ich muss hier nur noch einiges organisieren und dann komme ich gerne mit", antwortete er und schaute Elfriede tief in die Augen.

„Ich kann gerne mit der Klinikleitung sprechen und fragen, ob du Urlaub bekommst, kein Problem", sagte Elfriede zügig.

„Nein, nein, das ist kein Problem, das bekomme ich schon hin. Aber wo wir gerade dabei sind, möchte ich dir noch sagen"…….

Weiter kam Werner nicht, ein greller Schrei unterbrach das Gespräch.

„Da seid ihr ja endlich, ich habe alles nach euch abgesucht. Wieso habt ihr euch versteckt?", schrie Else mit einem unangenehmen Organ.

Wieder zu Hause angekommen, war Else wegen Elfriede beleidigt, weil sie mit Werner allein sein wollte.

Heinz goss die Blumen und rauchte dabei heimlich eine Zigarre.

Und Oma Thiel, die rief Conny an, um ihr die guten Nachrichten zu übermitteln. Sie war richtig aufgeregt dabei.

„Das sind ja mal gute Nachrichten", rief ich zu Oma Thiel in den Hörer.

Dann kann es ja losgehen.

*H*err Ballermann

Es war der 14.07.2023.
Wir standen alle am Flughafen
Düsseldorf. Das heißt:
Oma Thiel, Else ohne Rollator, Heinz,
Werner, und ich, Conny.
Am Flughafen war dichtes Gedränge.
Genau an dem Schalter, wo wir uns
auch anstellen mussten, stand eine
dicht gedrängte Gruppe.
Sieht von weitem so aus, als hätten sie
eine Selbsthilfegruppe gegründet.
Alle redeten durcheinander.
„Und Heinz, bist du aufgeregt?" fragte
Oma Thiel nach.
„Ach Mist, ich wusste, dass ich was
vergessen habe. Aufregung.

Jetzt ist es eh zu spät", lachte er gut gelaunt zurück.

Wir waren bei bester Laune.

Werner und Elfriede tauschten verliebte Blicke aus, als das Boarding begann. Ich hatte mit Oma Thiel die Sitzkarten getauscht, damit sie die Möglichkeit hatte, neben Werner zu sitzen.

Elfriede ging voraus und rutschte durch, zum Fensterplatz. Werner direkt hinter ihr. Vorher verfrachtete er das Handgepäck oberhalb der Sitze. In der Zeit huschte Else an Werner vorbei und setzte sich neben Elfriede.

„Entschuldige bitte, da sitzt Werner," meinte Oma Thiel sehr freundlich zu Else.

Dann kam Heinz und klopfte Werner mit dem Satz auf die Schulter:

„Ach, lass doch die Weiber zusammen - sitzen und reden. Komm, setz dich zu mir."

Was hätte Werner denn da sagen sollen, also zuckte er mit den Schultern, in Richtung Elfriede und ließ sich auf den Sitz neben Heinz plumpsen.

Ich saß für kurze Zeit allein am Fenster, direkt hinter Elfriede.

Es setzte sich ein Kind, circa acht Jahre
neben mich.
Die Eltern saßen mit dem Gang
dazwischen im mittleren Bereich.
Schon quengelte das Kind in einem
Singsang:
„Ich will ans Fenster, ich will an
Fenster."
„Würde es ihnen etwas ausmachen,
unseren Sohn zum Start ans Fenster zu
lassen?" fragte der Vater, den Kopf zu
mir gewandt.
Ich hatte ein Problem, weil ich Flugangst
hatte und angestrengt aus dem Fenster
starrte.
Aber ich wollte meine Ruhe haben und
überließ dem Jungen vorübergehend
meinen Sitzplatz.
Als endlich alle saßen und alles verstaut
war, kam die Einweisung vom Personal
und dann ging es los.
Kaum oben nahm ich meinen Platz
wieder ein und tauschte mit dem
Jungen.
Oma Thiel musste zur Toilette und als
sie wiederkam, saß Else auf dem
Fensterplatz.

„Nur einen Augenblick. Ich will auch mal aus dem Fenster gucken, siehe mal, wie schön das aussieht," kommentierte sie zu Oma Thiel.

Elfriede verdrehte die Augen und setzte sich. Sie wollte ein bisschen die Augen schließen und an Werner denken. Der hatte nämlich seine Augen auch zu, aber Heinz redete trotzdem mit ihm.

Als sie ihre Augen schloss, bekam ihre Rückenlehne einen Stoß.

Oma Thiel schoss nach vorne.

Der Junge hatte mit seinen Füssen gegen die Rückenlehne getreten, gleich mehrmals.

Dann schrie er: „Ich muss mal! Ich muss mal!"

Oma Thiel drehte sich genervt um und zischte zwischen ihren Zähnen:

„Da vorne ist die Toilette, geh dahin und komm erst wieder, wenn du 18 Jahre alt bist, verstanden?"

Er sprang hoch und drängte sich auf den Schoß seiner Mutter, die ihn dann zum Klo trug.

Schon schnellte Oma Thiel hoch und setzte sich neben mich.

„Hoffentlich sind wir bald da", meinte
sie.

„Ja, ich bin auch schon genervt", gab ich
zur Antwort.

„Was ist mit Werner? Er hat die Augen
geschlossen und Heinz redet auf ihn ein.
Werner hat bestimmt schon eine Kruste
am Ohr," kicherte ich.

Als der Junge wieder von der Toilette
kam, saß er mit seiner Mutter
zusammen und der Vater hatte neben
Else Platz genommen, was sie natürlich
auf sich bezog.

Bei der Landung klatschten alle!

Als wir ausstiegen, kamen uns die Luft
der heißen Düsen entgegen, wie ein
Fön.

Gott, was war das heiß hier.

Wir wurden mit dem Transitbus
abgeholt und fuhren eine halbe Stunde.

Mit den Zimmern gab es Probleme.

Es gab ein Zimmer zu wenig.

Das hieß, Werner und Heinz in ein
Zimmer.

Der Rest in das andere Zimmer.

Beim Betreten des Zimmers blieben wir
erst einmal wie angewurzelt stehen.

Gott, war das hier dreckig.

Else meinte: „Hier bleibe ich nicht!"

Es klopfte an der Türe.

Oma Thiel meinte: „Wer ist das?"

„Die Putzfrau ist es bestimmt nicht, die traut sich seit Wochen schon nicht her", kam von mir, wie aus der Pistole geschossen.

Es war ein Angestellter, der uns versuchte zu erklären, dass wir das verkehrte Hotel hatten.

Wir mussten zum Ballermann.

Gott sei Dank, waren wir da wieder raus.

Wir fuhren in einem Großraumtaxi durch die Straßen.

Betrunkene kamen uns entgegen, die lallten und Flaschen in den Händen hielten.

Dann hielt das Taxi, wir zahlten.

Aber ein Hotel sahen wir nicht.

Der Taxifahrer zeigte so vage in eine Richtung.

Wieder kamen uns Betrunkene entgegen, als Oma Thiel sie anhielt und fragte: „Wo bitte geht es zu dem Herrn Ballermann?"

Die Jungs schauten sich wie versteinert an, dann grölten sie und meinten schreiend:

„Wo geht's denn hier zu dem Herrn Ballermann, ha, ha, ha, ist die lustig."
Dann gingen sie lachend weiter.
Nach zehn Minuten Fußmarsch fanden wir ein Hotel und siehe da, es war das Richtige.
Das Hotel war schön und Oma Thiel hatte mit Else ein wunderschönes Zimmer mit Meerblick, die Männer hatten ein kleineres Zimmer mit Blick zum Pool und Garten.
Mein Zimmer war so mittel, auch mit Meerblick und endlich allein und Ruhe.
Wir hatten uns in einer Stunde am Hoteleingang verabredet. Wir wollten unbedingt noch was essen gehen.
Für uns hatte das Hotel noch ein Lunchpaket vorbereitet, das wir unten am Strand aßen. Danach waren wir satt. Wir machten uns auf den Weg und suchten die Kneipe von Kai und Ulli.

Es war schon spät, als wir so gegen 1:15 Uhr die Bar betraten und Kai hinterm Tresen gerade Bier zapfen sahen.

‚Mein großer Junge,' dachte Oma Thiel und hatte Tränen in den Augen.
Die Begrüßung war sehr herzlich, und die Beiden heulten sogar, als sie Oma Thiel in ihre Arme nahmen.
Kai hatte extra einen Tisch für uns reserviert. Ein Schild zierte den Tisch mit den Namen:

,Reserviert für betreutes Trinken'

„Was möchtest du denn trinken?", fragte mich Oma Thiel.
„Ich nehme das gleiche wie du", gab ich zur Antwort.
„OK, einmal Leberzirrhose für alle," rief sie voller Elan und glücklich, endlich bei ihrem Kai zu sein.
Ulli kam immer wieder an unseren Tisch und wollte einen Quickie.
Heinz hatte nicht verstanden, dass er nur eine Umarmung wollte. Auf Malle sagt man Quickie.
Also nannte ihn Heinz nicht mehr Ulli, sondern Uff, besonders wenn er Ulli schon vom Weiten kommen sah.
Weil, bei jeder Umarmung drückte er Heinz so eng an sich, dass er immer:

‚Uff' sagte.
Die Kneipe war sehr gut besucht und so gegen 03:15 Uhr sahen wir ein Drittel auf der anderen Seite des Lokals im Koma liegen.

Bei jedem Getränk rief Oma Thiel:
„Tschakka!"
Bei sechs Promille ist mein
letzter Wille!"

Irgendwann verstand sie auch, dass der Ort, Ballermann hieß und nicht Herr Ballermann.
Gegen 04.10 Uhr hatten die Jungs die restlichen Gäste rausgeschmissen und nachdem wir uns genauso grölend wie die Jugendlichen, auf den Weg nach Hause machten, fielen wir alle todmüde, aber sehr glücklich ins Bett.

∗

Am Morgen darauf brummte Heinz der Kopf.
Als er auf den Balkon trat, sah er im Pool unter ihm:

,Schwimmende Treibminen.'

Die Morgengymnastik hatte schon begonnen.

Unten auf den Liegen, sah er Werner liegen.

Wieso liegt Werner auf der Liege, dachte er und sah erst jetzt, dass das Bett von Werner frei war.

Wieso ist der denn so fit?

Heinz beeilte sich im Bad. Dann ging er zu Werner runter.

„Guten Morgen Werner, schon so früh wach", fragte Heinz mit einem etwas zerdrücktem Gesicht. Eine Schlaffalte war auf seiner Wange zu sehen.

„Guten Morgen, Heinz," kam gut gelaunt zur Antwort.

„Ich habe heute in der Frühe schon mal die Handtücher auf die Liegen gelegt, damit wir alle zusammen sind.

Dann bin ich meine Bahnen geschwommen, habe mich im Bad fertig gemacht und wäre jetzt für ein Frühstück bereit."

„Hast du denn keinen dicken Kopf?", fragte Heinz nochmal völlig überrascht nach.

„Nee, ihr hattet alle weiter diese
,Leberzirrhose' getrunken und Elfriede
und ich sind auf den ,Orgasmus'
umgestiegen."

„Orgasmus?" schrie er und riss die
Augen dabei auf, „was ist denn das?"

„Bailey mit Sambuca, schmeckt lecker,
ha, ha." Elfriede ist schon im
Frühstückraum und reserviert einen
Tisch für uns. So nacheinander kamen
alle zu dem Tisch, den Oma Thiel
draußen mit Blick aufs Meer und etwas
zurückgelegen für uns reserviert hatte.
Else kam erst 30 min. später.

Sie konnte nichts essen, ihr war noch
schlecht. Mir ging es ein bisschen wie
Else, verschwieg ich aber und aß Rührei
mit Speck, das baut wieder auf.

Dann nahmen wir erst einmal unsere
Liegen ein und schliefen unseren Rausch
aus. Oma Thiel schlief so fest und wurde
erst durch ein lautes Schreien wach.
Verwirrt fragte sie:

„Wo bin ich, wer schreit denn da so?"
Gegenüber war eine Gruppe Rentner.
Oma Thiel setzte ihre Brille auf und sah,
,Krampfadergeschwader'.

Alle hatten so viele Krampfadern, sah
aus wie ganze Landkarten.
Als sie mich, ich saß genau neben mir,
anschaute, lachten wir.
Seitdem hatten wir Spitznahmen für so
einige Gäste.
So nannten wir einen Herrn:

‚Saudi – Arabien‘,
eine Frau war ‚Afrika‘
und die beiden ganz Alten hatten
‚Kolumbien‘ als Spitznamen.

So gackerten wir ein bisschen und dann
planten wir, das heißt: Werner, Elfriede,
Heinz und ich, wie wir morgen die
Überraschung für die Jungs machen
könnten.
Else schlief schon wieder oben auf
ihrem Zimmer mit Klimaanlage. Sie war
immer noch kaputt.

Schwul hier, was?

„Ähm, sorry, ich wollte sagen, schwül hier, nicht?"

Oma Thiel guckte ein Männerpaar verlegen an. Sie wollte etwas Nettes sagen und dann das.

Sie hakte sich verlegen bei Werner ein. Heinz war noch nicht da, der besorgte noch etwas für die Hochzeit. Zur Unterstützung war Else bei ihm.

Und ich war noch dabei, Kai eine kleine Rose am Revers zu befestigen. Er sah umwerfend aus.

Er trug einen dunklen Smoking mit Weste, weißes Hemd und eine dunkle Fliege. Dazu schwarze Lackschuhe.

Er war sichtlich nervös. Wo blieb denn Ulli, der müsste doch schon da sein, verdammt.

Oma Thiel war in ihren Gedanken versunken. Ich sah und wusste, was sie dachte.

Eine Woche vor unserer Abreise brachte Betty, ihre Tochter, ihr den Hasen. Den hatte sie schon völlig vergessen.
Also, was sollte sie nur mit dem Hasen machen. Der war zwar süß, aber sie hatte keine Zeit für ihn. Oma Thiel musste sich schon durchringen, Jako bei ihrer Nachbarin zu lassen, da konnte sie ihr nicht auch noch den Hasen aufdrücken.
Marius war ihr nach der Nacht doch was schuldig, der musste den Hasen abholen und pflegen, was er dann auch tat. Ob es Betty, den Kindern und Manfred gut geht?

Ein Aufruhr lauter Stimmen, erschrak Oma Thiel.

„Die Braut kommt," rief ein Mann in der Tonlage einer Frau.

„Sie kommt, sie kommt, sie kommt!"
Dabei fächerte er mit den Händen gegen seine Augen, weil die sich mit Tränen füllten.

Werner tätschelte die eingehakte Hand von Elfriede.

Ulli stieg aus einer weißen Stretch Limousine aus.

Wie eine Diva. Ganz in weiß.

Weißer Smoking, weiße Schuhe, weiße Weste, weißes Hemd und weiße Fliege. Hätte nur noch weißes Haar gefehlt, dachte ich, aber er hatte silbergraue Haare bekommen.

Die hatte er aber das letzte Mal noch nicht, dachte ich.

Oma Thiel wischte sich die Tränen weg und schaute zu, wie Ulli von einer älteren Dame begleitet wurde. Sie gingen direkt auf den Altar zu, an dem Kai auf seinen zukünftigen Mann wartete.

„Ist bestimmt seine Oma," sagte Oma Thiel zu Werner.

„Das ist seine Mutter", flüsterte ein anderer Schwuler über die Schulter zurück.

„Oh, ja, natürlich, meinte ich auch," gab sie unsicher zurück.

„Wo blieben nur Heinz und Else so lange?", fragte sie mich leise. Sie wollte schnell von dem Missverständnis ablenken.

Ich zuckte nur mit den Schultern.

Die Zeremonie begann.

Der Pfarrer war auch schwul, nur so nebenbei, denn als er zu Kai sagte: „Sie dürfen die Braut jetzt küssen," klatschten alle und es war normal, dass Ulli die Braut war.

Als wir die Kirche verließen, schmiss zum Glück keiner Reis, sondern sie mussten durch ein Rosenspalier gehen. Am Ende standen Heinz und Else da. Wir eilten gleich zu ihnen.

Sie hatten es geschafft, einen Holzbalken mit Rosa Tüll zu besorgen, und eine Säge.

An dem einen Ende stand Kai drauf, auf der anderen Seite stand Uff.

„Heinz, Heinz, Heinz, Ulli, nicht Uff", schüttelte Oma Thiel den Kopf.

Sie sägten den Balken durch, dann rief Ulli: „Und jetzt Quickes für alle!"

Das Restaurant war sehr schön ausgesucht, das Essen ein Meisterwerk.

Denn bei uns Älteren ist das Essen, der Sex des Alters.

Bei der Ansprache von Ulli, sagte er zu seinem vermählten Mann:

„Mit dir will ich alt werden und graue Haare kriegen, auch wenn ich schon deinetwegen ein paar graue Haare bekommen habe. Ich bin sehr, sehr glücklich mit dir, und ich liebe dich."
Sie küssten sie ausgiebig.
In dem Augenblick schaute Werner seiner Elfriede tief in die Augen. Er flüsterte: „Ich mag dich ein bisschen mehr als ursprünglich geplant."
Dann kam er ihr gefährlich nahe.
Er wollte noch etwas sagen, aber sie legte den Finger auf seine Lippen und meinte: „Graue Haare habe ich schon. Den Rest schaffen wir auch noch!"
Dann gaben sie sich einen Kuss.
Else und Heinz sahen das. Sie sahen mich mit einem Fragezeichen im Gesicht an.
Ich zuckte nur mit den Schultern und meinte:

„c'est la vie, so ist das Leben!"

Spinnen jetzt alle?

*‚Mallorca war echt eine Reise wert. Es
war wunderschön, wenn auch sehr heiß.
Aber das Meer vermisse ich schon,‘*
träumte Oma Thiel, während Werner ihr
im Flugzeug die Hand hielt. Sie war
überglücklich. Endlich war sie mit
Werner zusammen.
Am nächsten Tag fuhr Elfriede mit ihrem
E-Bike zum Bauern Tick-Tack, um frische
Eier zu holen. Den Bauern nannten alle
Tick- Tack, weil er Schweizer
Kuckucksuhren sammelte.
Aus der Ferne konnte Oma Thiel schon
den Hof sehen.
Ein Blinken kam ihr vom Hof entgegen.
Immer wieder blitzte etwas auf. Wie
eine Uhr, die sich spiegelt. Was war das?
Sie erkannte einen jungen Mann mit
freiem Oberkörper.
Der Schweiß am Oberkörpers glänzte in
der Sonne.
‚Was für ein Anblick,‘ dachte Oma Thiel
bei sich.
Sie war so in Gedanken, dass sie nicht
bemerkte, dass sie zu weit in die Straße
fuhr.

Schon hupte es wie wild und der Fahrer
zeigte ihr einen Vogel.
Sie konzentrierte sich sofort wieder auf
die Straße und fuhr rechts. ‚War das
nicht Werner im Auto? Ich hätte
schwören können, dass das eben Werner
war! Aber er fuhr einen weißen
Mercedes. Der Wagen hatte eine
silberne Farbe. Hm……'
Dann war sie am Hof angekommen.
Der gutaussehende junge Mann
unterbrach sein Holz hacken und kam
auf sie zu.
Dabei blitzte es wieder, es war die Axt
im Sonnenlicht.
„Guten Tag," sagte er freundlich,
wischte seine Hände an einem Tuch
trocken und gab ihr die Hand.
„Guten Tag," antwortete Oma Thiel und
nahm die Hand des jungen Mannes.
„Mein Onkel ist im Haus, wenn sie etwas
kaufen möchten."
„Ja, sehr gerne, sind sie nicht Ole?",
fragte Oma Thiel jetzt doch nach.
„Ja," sagte der erstaunt, „kennen wir
uns?"
‚Mein Gott, was ist der Junge groß
geworden'

dachte sie und hätte ihn beinahe nicht wieder erkannt. Sie kannte Ole, als er noch ein Kind war.

„Ja natürlich, ich bin es, die Oma Thiel!" rief sie vor Freude aus.

„Stimmt," meinte Ole, „Sie kamen mir gleich bekannt vor."

„Aber wir sind doch per DU, weißt du doch!"

„Ja klar, endschuldige bitte, natürlich, du," stammelte er ein wenig verlegen. Dann kam Tick-Tack auf uns zu, er hatte Stimmen gehört und war neugierig, wer da wohl war.

„Hallo Elfriede," rief er schon von Weitem.

„Hallo Tick, ähm Thomas!" Beinahe hätte sie ihn mit Tick-Tack begrüßt, peinlich. Er muss nicht wissen, dass die Dorfbewohner ihn so nennen. Er heißt mit Vornamen Thomas.

„Ole hast du wiedererkannt, der Junge bleibt jetzt ein paar Monate bei mir. Er hat seinen Job verloren. Die Firma musste Konkurs anmelden. Deshalb hilft er mir ein bisschen auf dem Hof. Ich bin nicht mehr der Jüngste," sagte Thomas.

„Och, darf man denn fragen, was du gelernt hast, Ole?"
Aufrichtig und voller Stolz sagte er zu Oma Thiel:

„Architekt!"

„Das ist ja ein schöner Beruf, es wird sich bestimmt bald etwas finden, mein Junge."
Die Unterhaltung wurde von Thomas unterbrochen, indem er fragte: „Wie immer, Elfriede?"
„Ja, Eier, Kartoffeln und Äpfel. Und packe mir bitte auch noch von deinen Erdbeeren ein, die schmecken so lecker."
„Ok, lass uns ins Haus gehen," erwiderte Thomas.
Als sie im Haus waren, tickte es aus allen Zimmern.
Tick-Tack -Tack-Tick-Tick-Tick.

Oma Thiel kam sich vor, wie in einem Uhrengeschäft.
Sie holte ihr Portemonnaie raus, um schnell zu bezahlen.

In dem Moment kam es zur vollen Stunde: Kuck-Kuck, Kuck-Kuck, Kuck-Kuck. Die Vögel kamen alle aus ihren Häuschen, um es mit ihren Worten zu sagen.

Oma Thiel schrie dagegen an:" Wirst du nicht verrückt, wenn die Vögel alle Stunde rauskommen und so einen Krach machen?"

„Hast du was gesagt, Elfriede?"

„Mein Gott, komm mal raus hier, da wird man doch verrückt."

Ole kam zu uns rüber.

Er lachte und meinte: „Mein Onkel stellt immer zur vollen Stunde sein Hörgerät aus, dann hört er das nicht! Ich schlafe im Gästehaus da drüben!" Er zeigte in eine Richtung über den Hof.

„Das kann ich absolut verstehen Ole!" erwiderte Oma Thiel.

„Bis dann mal, wir sehen uns bestimmt bald wieder. Tschüss Ole. Tschüss Thomas!"

„Tschüss, Oma Thiel!
Tschüss Elfriede,"
riefen sie ihr zum Abschied zu.

Sie schwang sich auf ihr
E-Bike und fuhr los. Auf der Straße fiel
ihr wieder das Blitzen auf.
Sie dreht sich nochmal zum Hof um,
dabei sah sie Ole wieder Holz hacken.
Beschwingt und gut gelaunt fuhr Oma
Thiel wieder nach Hause.
Heinz wuselte an der Kaffeemaschine
herum und Else deckte den Tisch. Das
Ritual, zusammen zu frühstücken ließen
sie sich nicht nehmen.
„Ach, da bist du ja endlich, das Wasser
für die Eier kocht schon. Koch am besten
mal vier Eier. Ein Ei war für Elfriede,
eins für Else und zwei Eier aß Heinz. Er
meint, ein Mann muss immer zwei Eier
essen. Keine Ahnung, was er damit
bezwecken will. Aber Else und Elfriede
nickten ihm nur stumm zu.
„Ich war gerade bei Tick-Tack, Else.
Wäre Thomas nichts für dich? Der ist
doch so in deinem Alter, ich glaube 83
Jahre."
Erbost, sie so alt zu machen und sie an
den Mann zu bringen, weil Elfriede ihr
Werner vor der Nase weggeschnappt
hat, gab sie zurück:

„Erstens, meine Liebe bin ich nicht 83, sondern gerade 80 Jahre alt geworden. Zweitens will ich niemanden wiederbeleben, wenn ich ihn küsse, sondern Sex!"

Heinz verschüttete seine Milch, die in den Kaffee sollte, als er das Wort Sex hörte. Angestrengt rührte er mit seinem Löffel den Kaffee um und schaute Else nachdenklich an. ,*Was sie wohl damit gemeint hat?*', dachte er.

Nach dem Frühstück machte sich Oma Thiel auf den Weg zum Altenheim. Ihr neuer Freund Werner wohnt dort.

Beide wollen es langsam angehen, hatten sie ausgemacht. Oma Thiel ist zarte 76 Jahre und Werner 77 Jahre alt, nein jung.

Seit sie sich auf Mallorca das erste Mal geküsst haben, waren sie wieder jung. Ihr mittlerer Junge Kai hatte dort seinen Mann Ulli geheiratet.

Die Hochzeit war wunderschön und der Kuss von Werner noch viel besser.

Als sie mit ihrem E-Bike zum Hintereingang fuhr, kam ihr Werner entgegen. Im Hinterhof lag nur Split.

Deshalb schob sie den Rest. Werner sah sie nicht, oder beachtete Elfriede nicht. Er gab so viel Gas mit seinem Auto, dass der Split nach oben schoss.

Sie hielt zur Vorsicht die Hand vor das Gesicht, um die kleinen Steinchen nicht ins Gesicht zu bekommen.

„Was ist bloß in ihn gefahren? Spinnt der, mit so einem Karacho hier lang zu fahren?" schrie sie aufgebracht in Richtung Staubwolke. Der Wagen war nicht mehr weiß, sondern ganz silbrig vom Staub.

Ja, eigentlich war sie ja wegen Werner hier, der ist nun aber an ihr vorbeigefahren und hat sie stehenlassen.

Dann besuche ich mal Marius, den Pfleger und sage wenigstens mal guten Tag.

Ein ohrenbetäubender Lärm schlug ihr entgegen, als sie das Heim betrat.

Eine ältere Dame hielt sich die Ohren zu und ging kopfschüttelnd an Oma Thiel vorbei. Dann sah sie Marius. Er versuchte die Leute zu beruhigen, aber es half nichts. Alles redete und lief durcheinander.

„Hallo Marius," schrie Oma Thiel, „was ist denn hier los?"

„Ah, hallo Oma Thiel, es werden ein paar Zimmer umgebaut, deshalb dieser Lärm, entschuldige bitte.

Ich habe keine Zeit, du siehst ja, was hier los ist!" Mit diesem Worten verschwand er wieder. Oma Thiel ging durch den Lärm hinaus in den Garten, auf der anderen Seite.

Hier war es etwas ruhiger. Ein paar Schritte im Garten sparzieren gehen, tut bestimmt gut. Dann nach einer Weile, sie war in Gedanken verloren, sagte eine ruhige angenehme Stimme: „Hallo schöne Frau, so allein unterwegs?"

Sie erschrak ein wenig, drehte sich um und sah ihren Werner.

Er wollte sie gerade zart in den Arm nehmen, aber Elfriede blockte ein bisschen ab. „Nicht hier, Werner, da kann man uns doch sehen," schob sie zur Begründung vor. In Wirklichkeit war sie sauer, dass er sie zweimal nicht gesehen hatte und wie ein Wahnsinniger an ihr vorbeifuhr.

„Aber ich dachte……" stolperte er mit Worten hervor.

Dann nahm er ihre Hand und küsste sie galant, wie zu Anfang ihrer Beziehung.
Oma Thiel überlegte kurz, ob sie ihn ansprechen sollte,
was für ein Rüpel er doch manchmal war, ließ es aber auf sich beruhen.
Sie war viel zu verliebt, um jetzt Ärger hervorzurufen.
Er erzählte ihr, dass ein paar Veränderungen vorgenommen werden.
Es soll den Leuten etwas einfacher gemacht werden, persönliche Gegenstände bei sich zu haben.
Oma Thiel war begeistert. Eine großartige Idee, fand sie. „Aber warum erst jetzt?" fragte Elfriede nach.
„Du, setz dich doch mal auf die Bank da, ich muss dir dringend etwas erzählen."
„Ist etwas passiert?", fragte sie besorgt nach.
„Nein, nein, nichts schlimmes".
In dem Moment, als er ihre Hand hielt, gab es eine kleine Explosion im Heim.
Erschrocken schnellten beide hoch und rannten zum Eingang.
Leute, voller Ruß kamen ihnen hustend entgegen.

Oma Thiel nahm sie entgegen und brachte sie ins Freie. Werner stürmte ins Heim, um zu helfen.
Die Feuerwehr war fünf Minuten später von Weitem zu hören.
Immer mehr Leute kamen aus dem Heim ins Freie.
Dann kam **Ernst** mit einer Taucherbrille auf der Nase aus dem Haus und fragte Oma Thiel:

„Wann kommt der Bus?"

Ernst war immer noch ein bisschen verwirrt und fragte täglich nach dem Bus.
Immer mehr Menschen kamen raus. Elfriede hielt Ausschau nach ihrem Werner, aber nichts. Die Feuerwehr war endlich da, Gottseidank.
„Mein Freund ist da noch drin, bitte helfen sie ihm, da wieder heil rauszukommen.
In diesem Moment kam er, hustete stark und war voller Staub. Aber Elfriede erkannte ihn trotzdem: „Werner, Werner," schrie sie aufgeregt.

Der Mann war völlig verwirrt. Elfriede rannte in seine Arme und gab ihm einen langen Kuss. Den Kuss, den sie ihm noch vor 30 min. verwehrt hatte. Der Mann sagte:

„Donnerwetter, Sie gehen aber ran. War das eine Wiederbelebung?

Gestatten: Verna Spinner."

„Mein Gott, du bist ja völlig durch den Wind mein Liebster!"

Sie wuselte an seiner Kleidung herum, um den Staub zu entfernen.

„Können wir das nochmal wiederholen, junge Frau?" fragte er nach. „Wieso junge Frau, ich bin es doch, Elfriede!" rief sie ihm zu.

Dann nahm er sie nochmal und küsste sie leidenschaftlich.

Ein Feuerwehrmann unterbrach das Knutschen und forderte Verna auf, zur Untersuchung mit ins Krankenhaus zu fahren.

Er kam der Aufforderung nach und verschwand in dem Krankenwagen.

‚Oh mein Gott, was liebe ich diesen Mann‘, dachte Oma Thiel. Dann half sie noch den anderen Bewohnern, sich in Sicherheit zu bringen.

105

Erst danach fuhr sie erschöpft nach
Hause.

‚Erst einmal duschen,‘ dachte sie; dabei
überkam sie eine Gänsehaut, weil sie an
den intensiven Kuss mit Werner dachte.

Else konnte sich das nicht gefallen
lassen.
Sie wollte auch einen Mann, der so
charmant war, wie Werner.
Das hatte sie sich verdient. Wo könnte
man denn jemanden kennen lernen. Na
klar, dachte sie, im Internet. Das ist wie
Einkaufen. Die schicken dir Bilder und
du suchst dir einen aus.
Aber dazu brauche ich jemanden, der
mir einen Zugang zum Internet
einrichtet. Mit Computern kannte sie
sich nicht aus.
Ich glaube die Freundin von Elfriede, die
Conny kann das. Wo ist bloß ihre
Nummer, ah hier. Schon rief sie mich an:
„Ja bitte,“ kam durch die Muschel des
Hörers. „Ja hallo, hier ist die Else, die
beste Freundin von Elfriede!“ kam
zurück.

„Oh, hallo Else, was kann ich für dich tun?" antwortete ich.

Sie erzählte mir von dem Internet. Ich versprach ihr zu helfen und verabredete mich für den nächsten Tag gegen Mittag mit ihr.

Als ich am nächsten Tag bei Else eintraf, war auch Elfriede da. Sie freute sich ungemein, dass ich mal vorbeischaue, um nach dem Rechten zu sehen.

Als Elfriede aber merkte, dass ich wegen Else da war, kam schon ein bisschen Eifersucht auf. Aber ich beruhigte sie, indem ich kurz erläuterte, dass ich nur einen Internetzugang für Else einrichten wollte. Das andere verschwieg ich besser, das war ja Elses Sache.

Während Elfriede sich auf den Weg machte, um Werner im Krankenhaus zu besuchen, setzte ich mich mit Else hin. Es gab ein Portal, das hieß:

‚Zweisam-Partnersuche ab 50 Jahre.'

Das fand Else gut, sie wollte nicht so einen alten Knacker. Schließlich war sie erst 80 Jahre.

Sie sollte Angaben zu ihrer Person
machen und Bilder von sich einsetzen.
Die Angaben waren einfach:
Mitte fünfzig, jung gebliebene,
intelligente, hübsche Frau will noch mal
durchstarten. Am liebsten mit dir.
Du solltest nicht rauchen, gut trainiert
und finanziell unabhängig sein.
Wenn es geht auch eine eigene
Wohnung, besser noch ein Haus.
„Äh, Else, bist du sicher, dass du da nicht
ein wenig übertreibst? Du bist 80 Jahre
und gehst manchmal am Rollator. Wie
kannst du denn da einen sportlichen
Mann suchen? Oder wolltest du, dass er
neben dir joggt, wenn du bald ein
elektrisches Fahrmobil hast?"
„Wieso, ich brauche den Rollator nur,
wenn ich mal schwache Momente habe,
aber ich will etwas Frisches, so wie
Werner. Aber der wollte mich ja nicht!"
„OK," ich verdrehte die Augen, „und was
willst du für Bilder nehmen?
Man sieht dir doch an, dass du keine
sechzig bist?"
„Hier, habe ich schon rausgesucht, das
finde ich noch sehr schön von mir. Das
im Bikini auch, und das hier."

„Else, wie alt bist du auf den Bildern?"
„Hier, auf dem Bild im Bikini bin ich 25
Jahre, auf dem bin ich schon 34 Jahre
und das……"
„Else, du kannst doch nicht Bilder
nehmen, wo du so jung bist. Dich
erkennt keiner, wenn er dich dann in
Natur sieht."
„Nicht? Dann nehme ich die hier. Da bin
ich zwar uralt, so 52 Jahre, aber wenn
du meinst."
Else war traurig, aber ich versprach,
wenn ich sie fotografieren sollte, werde
ich die Bilder so bearbeiten, dass sie
wunderschön aussieht. Sie war
einverstanden.

Elfriede kam am Krankenhaus an. Sie
kaufte unten im Büdchen noch ein paar
Leckereien für ihren Werner.
Eigentlich wusste sie noch gar nicht, was
er gerne mag. Also kaufte sie das, was
sie eben mag.
Als sie am Empfang nach der
Zimmernummer fragte, sagte man ihr,

dass ein ‚*Verna Spinner*' schon entlassen wurde. Sie hörte nicht heraus, dass die Frau: *Verna* und nicht *Werner* sagte. Das hörte sich gleich an. Sie war überrascht und traurig zugleich, dass sie nun den Weg umsonst gemacht hatte. Dann wird er bestimmt im Heim sein, wo soll er denn sonst sein. Also fuhr sie noch ins Altenheim.

Die Nougat Schokolade fing schon an zu schmelzen.

Sie fuhr wieder zum Hintereingang, weil sie ihr Fahrrad da besser abschließen konnte. Das Auto von Werner war da.

‚*Na wenigstens etwas,*' dachte sie.

Marius kam ihr entgegen und trug zwei Umzugskisten auf einmal. Er stöhnte, weil die wohl schwer waren.

„Hallo Marius, weißt du, wo Werner ist, Werner Spinner, du weißt schon?"

„Welchen Spinner meinst du denn?", fragte Marius nach und schon war er an ihr vorbei.

Sie wollte gerade noch etwas hinterherrufen, was die Frage sollte, als sie mit jemanden zusammenstieß.

„Hoppla, schöne Frau, nicht so schnell!"

„Oh hallo Werner, ich war im Krankenhaus, aber du warst schon weg, und ich habe Schokolade, die schmilzt, und……."

Er stoppte sie mit einem langen intensiven Kuss, mitten im Gang.

„Ich störe ja nur ungern, aber ich wüsste schon gern, was das jetzt soll?"

Nur widerwillig unterbrach Elfriede ihren Kuss und öffnete ihre Augen. Sie drehte sich zu dem, der gerade die Romanze zwischen ihnen beendete, um. Sie schaute genau in die Augen von Werner.

Dann sah sie zu dem, den sie gerade leidenschaftlich geküsst hat. Das war auch Werner. Sie schaute abwechselt immer hin und her. Hoppla, wer war denn nun der Richtige?

„Das verstehe ich jetzt nicht, wer ist denn nun mein Werner?"

Der in ihrem Arm sagte: „Ich bin Verna Spinner und das ist mein Bruder Werner Spinner."

Oma Thiel verstand nur Bahnhof. Heißen beide Werner?

„Ich bin der, den du immer so leidenschaftlich küsst!", sagte Verna.

„Und ich bin Werner, mit dem du auf Malle warst und vorgegeben hast, dass du was für ihn empfindest. Du wolltest es langsam angehen lassen, und jetzt stehst du mitten im Gang und knutscht irgendwelche Männer. Schönen Dank auch und Tschüss!"
Er drehte sich um und verließ die Beiden.
Gerade, als Verna, Elfriede wieder küssen wollte, gab sie ihm eine schallende Ohrfeige. Mit den Worten: „Sie Betrüger!", drehte sie sich weg und verließ das Heim.
Sie radelte wie wild auf ihrem Fahrrad. Sie wusste nicht wohin, Hauptsache weit weg.
Die Tränen, die sie vergoss, flogen durch den Fahrtwind über ihr Gesicht, nach hinten weg.

*W*ie werde ich den nur wieder los?

Heinz kam in die Küche, schaute Else über die Schulter, und sagte: „Was machst du denn da? Du hast dich auf einer Plattform angemeldet?" Else erschrak und schrie: „Musst du dich immer so anschleichen, Heinz? Das geht dich gar nichts an!" Dabei versuchte sie den Laptopdeckel ein wenig zu schließen. Elfriede kam zur Tür herein. „Else hat sich bei einem Dating – Portal angemeldet. Kannst du dir das vorstellen?"

„Habe ich gar nicht," kam kleinlaut von Else.

„Wieso," kam von Elfriede, „ich denke, du wolltest Werner? Du kannst ihn haben, von mir aus!" Dann verschwand sie ins Schlafzimmer. Else und Heinz schauten sich unverständlich an. Else sagte: „Was ist ihr denn über die Leber gelaufen?" Heinz erwiderte: „Da soll einer die Weiber verstehen."

Mit diesen Worten verschwand er und ging in den Garten, heimlich Zigarre rauchen.

Es vergingen zwei Tage, es passierte nichts. Elfriede aß kaum etwas und Else blockierte einen Mann nach dem anderen auf ihrem neuen Portal. Alle zu alt, oder zu gebrechlich. Dann haben sie kein Auto, geschweige denn eine abbezahlte Wohnung.

Als bei mir das Telefon klingelte, hörte ich Oma Thiel.

„Hallo Conny, ich brauche mal eine Freundin, mit der ich sprechen kann."

Das war kein Problem und wir verabredeten uns für 15:00 Uhr zu Kaffee und Kuchen in unserem Café, in dem wir schon öfter waren.

Oma Thiel erzählte mir alle Einzelheiten. Sie kam gar nicht zum Kuchen essen. Der Kaffee wurde auch immer wieder kalt.

Also bestellte sie Sekt. Sie meinte:
„Mein Verdauungsapparat muss ja in
Bewegung bleiben."
Das erste Mal sah ich ein kurzes Lächeln
in ihrem Gesicht. Ich hörte mir alles an
und verabschiedete mich mit den
Worten:
„Das wird schon wieder."
Else durchstöberte ihre neuen
Nachrichten. Alles Langweiler, dachte
sie.
Doch da fiel ihr ein Mann auf. „Hey, das
ist doch Werner!
Na, der will sich aber schnell trösten,"
rief sie erstaunt.
„Er gibt auch einen anderen Namen an,
genau wie ich. Er heißt hier: ,**Axel 56**.'"
Der Chat Name von Else war: ,**Rose**.'
Er macht sich auch jünger, dachte Else,
machen doch alle.
Dem schicke ich einen Gruß. Kaum war
der Gruß raus, kam ein Smiley zurück,
mit den Worten:
„Schönen guten Tag, schöne Frau!"
,Ich wusste doch, dass ich schön bin,'
dachte Else. War das spannend.

Als ich im Altenheim ankam, suchte ich
erst einmal Marius. Ihn fand ich nicht,
aber die Klinikleitung kam mir entgegen.
Ohne Umschweife fragte sie: „Was
haben sie hier zu suchen, Conny?"
Ich entgegnete: „Guten Tag erst einmal,
ich bin mit Herrn Spinner verabredet, er
erwartet mich", log ich, ohne rot zu
werden.
„Welchen der Herren meinen sie denn,
den Werner Spinner oder Verna
Spinner?", kam jetzt doch freundlicher
zurück.
Sie sah mein verwirrtes Gesicht. „Gibt es
den Herrn denn zweimal?"
„Ja, kam zurück. Es sind eineiige
Zwillinge. Herr Werner Spinner ist der
Besitzer des Altenheims und sein
Zwilling ist jetzt da und will sich
auszahlen lassen, und…"
Weiter kam sie nicht, weil Marius
gerade mit einer Umzugskiste um die
Ecke bog und mit der Klinikleitung
Margret zusammenstieß.
„Können sie nicht aufpassen?" schrie sie
Marius an. Der Boden des Kartons
öffnete sich und sämtliche Bücher
purzelten heraus.

„Entschuldigung, ich habe sie nicht gesehen!" entgegnete Marius schuldbewusst. „Räumen sie das sofort weg und dann aber rasch zur Medikamentenausgabe, sonst schläft heute Nacht wieder keiner."
„Entschuldigen Sie bitte, aber Sie sehen ja, was hier los ist, ich muss dann auch schon wieder. Fahren sie nach ganz oben, da wohnt Werner Spinner".
Ich fuhr mit dem Fahrstuhl nach ganz oben. Dort irrte ich ein wenig durch die Gänge. Dann sah ich ein Schild:

Klinikleitung und Geschäftsführer
Werner Spinner.

Hier war ich richtig. Ich klopfte wild entschlossen, der ganzen Sache ein Ende zu setzten.
Werner öffnete mir die Tür: „Conny, schön dich wiederzusehen, wie geht es dir? Komm doch rein."
Eine komplette Suite hatte Werner hier oben.
Riesige Fenster, mit Blick auf den wunderschönen Park.

Er erzählte mir, was alles vorgefallen war. Ich hörte nur zu. Genauso, wie ich es vorher bei Oma Thiel gemacht habe.

*

Es klingelte an der Haustür von Oma Thiel. Sie hatte nur ihre Zähne geputzt, den Rest wollte sie nach dem Frühstück machen.

Das kann doch nur wieder der Postbote sein, dachte sie, *und das vor dem Frühstück.'*

Sie öffnete und war überrascht, Herrn Spinner vorzufinden. Elfriede erschrak und ging ein Schritt zurück. „Werner, was machst du denn hier?"

Oma Thiel dachte, dass es ihr Werner war und war doch erfreut.

„Hallo schöne Frau, ich habe ein paar Blümchen für Sie mitgebracht und wollte mich entschuldigen."

Wenn der ,SIE' zu mir sagt, ist das nicht Werner, sondern der andere.

Oma Thiel dachte angestrengt nach.
Conny hatte gestern noch kurz
angerufen und erzählt,
dass es zwei Spinner gab. Das hatte sie
aber auch schon gewusst und gespürt.
Nur wusste sie nie, wer nun gerade da
war. Werner wollte auch heute
vorbeikommen, um alles zu klären.
*‚Was sollte sie denn nur machen, ihn
reinbitten oder nicht,* dachte Elfriede. *So
wie sie aussah.*

*Außerdem kamen gleich Heinz und Else
zum Frühstück. Das passte jetzt alles
nicht.*

Nein, das geht jetzt überhaupt nicht,‘
dachte Elfriede. Sagte aber:
„Kommen Sie doch rein."

*‚Warum lasse ich diesen Betrüger jetzt
auch noch ins Haus?*

*Spinne ich jetzt total? Vielleicht ist das
doch Werner und er will mich testen?‘*
„Möchten Sie einen Kaffee?" fragte sie
jetzt auch noch.

„Sehr gerne, von Ihnen nehme ich alles,
auch einen Kuss," erwiderte Verna.

„Unterstehen Sie sich, Sie sind nicht
mein Werner und haben die Sache

einfach ausgenutzt, Sie unverschämter Kerl, sie sie…..."

weiter kam sie nicht, denn es klingelte schon wieder an der Tür. Else, die gerade die Treppen runterkam, rief aus dem Flur: Ich mache schon auf!"

Elfriede und Verna saßen gemeinsam am Frühstückstisch und tranken Kaffee. Sie sah aus, als wäre sie gerade erst aus dem Bett gekrochen. Sie saß im Morgenmantel am Tisch und Verna schaute sie verliebt an.

Else kam rein und wollte gerade Werner ankündigen, aber der stand schon hinter ihr.

„Du Elfriede, ich muss mich bei dir entschuldigen," sagte Werner aufgebracht, mit einem Strauß roter Rosen in der Hand.

,Ja, dachte Oma Thiel, *das ist mein Werner.'*

Der aber sah die Vertrautheit zwischen seinem Bruder und Elfriede. Das ging gar nicht.

Er zischte zwischen den Zähnen: „Ach, so eine Vertrautheit, wohl hier übernachtet was?

Ich war so blöd zu glauben, dass du
etwas für mich empfindest, ich Idiot"!
Er schmiss die Rosen auf den Boden und
verließ voller Empörung den Raum.
„Was, wie, warte doch!" schrie Elfriede
ihm hinterher.
Der aber verschwand genauso schnell,
wie er gekommen war.
Else blieb wie versteinert stehen und
schaute auf den Mann neben Elfriede,
dann nochmal dem Mann hinterher, der
gerade wütend den Raum verließ.
„Was ist denn hier los?" fragte sie laut.
Heinz kam in die Küche.
„Morgen alle zusammen, warum ist das
Frühstück noch nicht fertig? Ich habe
Hunger."
Heinz ging zum Kaffee und schenkte sich
den Becher voll. Dann holte er, wie
selbstverständlich, die Milch aus dem
Kühlschrank, und goss einen kleinen
Schuss hinein.
Er setzte sich an den Tisch und trank
seinen Kaffee. Alle starrten ihn an.
„Ist irgendetwas?" fragte er zwischen
dem ersten und dem zweiten Schluck.
Verna war verwirrt.

Er hatte sich die Mühe gemacht, in den Unterlagen vom Heim, die Adresse von Elfriede zu finden und jetzt das.

„Du hast einen Mann?" fragte er deshalb unverblümt, an Elfriede gerichtet.

„Ich, äh, ja, das ist Heinz!"

Oma Thiel dachte,

‚wie praktisch. Vielleicht werde ich den so wieder los.'

Else sah den Mann an und erkannte ihn aus ihrem Portal. Deshalb sagte sie zu Verna:

„Hallo AXEL 56,
ich bin die ‚ROSE',
schön, dass wir uns schon
so zeitig kennenlernen.

Heinz verstand kein Wort.

„Spinnt ihr jetzt alle?" Damit verließ er die Küche und ging erst einmal mit seinem Kaffeebecher raus in den Garten, um heimlich seine Zigarre zu rauchen.

„Rose, das sollen Sie sein?"

Verna lachte schäbig, und sah abfällig auf Else.

Dann gab er Elfriede einen Kuss auf die Wange und ging mit den Worten: „Überlegen Sie sich das, ich finde, Sie küssen gut. Deshalb würde ich gerne eine Beziehung mit Ihnen eingehen. Besser als Heinz bin ich allemal und mein Bruder ist eh bald in den Staaten!" Dann war auch er schon weg.

Else giftete Elfriede an, weil sie alle Männer verscheuchte.

Oma Thiel winke ab, verdrehte die Augen und verschwand im Bad. Else saß jetzt allein am Frühstückstisch und dachte:

‚Zweisamkeit ist doof, nichts als Ärger mit den Männern.'

Am besten ist, ich schaue mir jetzt doch mal den Tick- Tack – Thomas an, vielleicht ist der ja nicht so schlimm. Sie schwang sich auf ihr E-Bike und genoss die Sonnenstrahlen.

Ad acta gelegt

In der Dusche schimpfte Oma Thiel laut vor sich hin.

„Der Typ hat sich doch im Kreisverkehr verirrt. Kein Wunder, das der Spinner heißt. Er ist einer!"

Als sie sich frisch gemacht und etwas beruhigt hatte, rief sie mich an.

„Hallo Conny, hier ist Oma Thiel. Die Sache Spinner ist ad acta gelegt. Ich bin wieder auf dem Markt zu haben!"

„Hallo Oma Thiel, aber ich dachte, dass sich das Missverständnis aufgeklärt hat?" fragte ich nach.

„Nein, anscheinend nicht, es waren Beide hier und Beide sind gegangen, und das alles vor dem Frühstück, ich will nicht mehr Conny." Oma Thiel war sehr traurig.

„Aber du kannst doch dein Ziel wegen eines Rückschlags nicht aufgeben. Das ist so, als würdest du deine anderen drei Reifen aufschlitzen, weil du einen Platten hast!"

STILLE

„Aber ich habe doch gar kein Auto", kam zur Antwort.

„Das war doch nur ein Beispiel, du sollst kämpfen Oma Thiel. Du bist doch eine starke Frau!" Sie überlegte.

„Du hast Recht, Conny. Ich lasse mir das nicht mehr gefallen, wir sind doch hier nicht im Kindergarten!", schrie sie aufgebracht.

„So will ich dich hören und stelle ihn zur Rede. Wenn er etwas für dich empfindet, lenkt er auch ein."

„Okay, das mache ich, danke Conny, du bist ein Schatz. Tschüss."

„Tschüss, Oma Thiel, wenn was ist, melde dich bei mir, ich bin für dich da."
Aber das hörte sie schon nicht mehr. Aufgelegt. Elfriede ging zurück ins Bad und machte sich jetzt wirklich schön. Dann sagte sie laut zu sich: „Auf in den Kampf!" Sie setzte sich aufs Fahrrad und fuhr Richtung Altenheim.

✳

125

Völlig abgekämpft kam Else bei Tick-Tack an. Der Hof sah sehr gepflegt aus, dachte sie.

Aber mit dem Fahrrad will sie den Weg nicht nochmal fahren. Das soll ein E-Bike sein?

Da geht nichts automatisch, wie der Verkäufer ihr das weismachen wollte. Sie musste trotzdem treten.

Sie hatte zwar die leichteste Stufe und es ging nur bergab, aber trotzdem musste sie ein paarmal treten. Zurück kommt sie so nicht mehr.

Als sie an der Haustür klingelte, öffnete ihr Tick-Tack Thomas. Er war erfreut, als er Else sah. „Hallo Else, welch seltener Besuch. Komm rein, ich trinke gerade einen Kaffee. Willst du auch einen?"

Das ganze Haus tickte wie eine Zeitbombe.

„Hallo Tick, äh Thomas, ich wollte mal sehen, ob du noch frische Eier hast."

,Mist, das wollte sie gar nicht sagen. Wie blöd kann man nur sein. Einen Mann zu fragen, ob seine Eier noch frisch sind,' dachte Else.

Thomas grinste, weil er sah, dass Else der Schweiß von der Stirn lief.

„Willst du erst einmal ein Glas Wasser, Else?"

„Ja gerne, Wasser ist gut und Kaffee nehme ich auch."

Die Tür sprang auf und Ole kam mit freiem Oberkörper rein.

Er trug eine Kiste Bier. Sein Oberkörper glänzte vom Schweiß.

‚Oh, dachte Else, der wäre doch was für mich.'

„Sorry, wusste nicht, dass du Besuch hast Onkel Thomas, wollte nur das Bier für den Fußballabend vorbeibringen."

Thomas sagte: „Das ist Else, die Freundin von Oma Thiel."

„Angenehm,", sagte Ole brav und gab ihr die Hand.

„Sehr angenehm," hauchte Else zurück.

„Ja, Fußball gucke ich auch gern. Ich schaffe es nur nicht, dass viele Bier zu trinken."

Thomas und Ole schauten sich verdutzt an.

„Das sollte ein Scherz sein," kommentierte Else.

Alle lachten.

Ole verschwand wieder.

Else überlegte: *,Der wäre schon was für mich. Aber wenn ich mich umdrehe, bin ich doch nur Fallobst für ihn. Vielleicht ist er doch etwas zu jung für mich.*

Thomas und Else unterhielten sich noch eine ganze Weile. Nett war er, fand Else. Er bat sogar seinen Enkel Ole, sie mit seinem Lieferwagen nach Hause zu bringen.

Fahrrad hinten drauf und schwupp, brauchte sie sich nicht mehr am Berg abzustrampeln.

Als Else nach Hause kam, war nur Heinz da. Elfriede war weg.

Heinz meinte: „Was gibt es dann zum Mittagessen? Zum Frühstück gab es schon nichts." Else dachte, *,er hätte sich ja auch mal selbst ein Brot machen können. Der hat doch keine Behinderung.'* Doch sie sagte nicht, was sie dachte, sondern: „Was ist denn dein Lieblingsgemüse Heinz?"

„Marzipankartoffeln," kam doch prompt zur Antwort.

„Das ist kein Gemüse Heinz, das ist eine Süßigkeit!

Ich mache am besten einen schönen frischen Salat."

„Ich bin doch kein Karnickel, ich will Fleisch, ich brauche was Anständiges auf den Tisch!"

„Ich war ja noch nicht fertig. Salat mit Steak und Rosmarinkartoffeln. Und zum Nachtisch ein Eis mit zwei Marzipankartoffeln."

„Ach, was soll ich bloß ohne dich machen, Else, du bist die Beste!" Dann nahm er sie in den Arm und drückte ihr einen Kuss auf die Stirn.

,Hm, Heinz ist auch nicht schlecht, dachte sie nach.

Ach Gott, wie soll man sich bei so vielen Männern bloß entscheiden…

Oma Thiel kam völlig aus der Puste, auf ihrem E-Bike am Altenheim an. Ohne es abzuschließen, stürmte sie rein. Zum Fahrstuhl und direkt nach ganz oben. Sie wusste von Conny, dass ihr lieber Werner hier gar kein Zimmer belegt hat, sondern gleich eine ganze Suite besaß.

Dieser Heuchler, dachte sie.

Ihr Kopf ratterte wie verrückt.

Sie klingelte Sturm und hämmerte an der Tür.

Werner öffnete ihr und war erstaunt.

Seine Augen waren feucht. *Hatte er geweint? Ihretwegen wohlmöglich?*

Sie stürmte an ihm vorbei, stemmte die Hände in die Hüften und schrie: „Was glaubst du eigentlich, wer ich bin. Glaubst du wirklich, dass ich hier mit jedem ins Bett gehe? Ich heiße nicht Else. Für sie ist ein Männerwechsel, wie Hände waschen. Ich wusste nicht, dass du einen Zwillingsbruder hast, woher auch? Du erzählst mir ja nichts.

Auch, dass du der Besitzer dieses Heimes sein sollst."

Werner sagte nichts.

„Nicke einfach mit dem Kopf, wenn du mich verstanden hast. Wenn du mir sonst nichts zu sagen hast!", keifte Elfriede weiter.

Er nickte und hielt eine Hand nach oben.

Elfriede verstummte.

„Verehrteste, du hast mich ja nicht zu
Wort kommen lassen," sagte er mit
ruhiger Stimme.
„Setz dich doch erst einmal, möchtest
du etwas trinken? Ein Sektchen
vielleicht? Dann reden wir mal in Ruhe."
Elfriede setzte sich, atmete aber immer
noch ganz aufgeregt.
Ein sehr langes Gespräch begann....

G̶lückseligkeit

„Man gut, dass du gekämpft hast Oma
Thiel. Sonst wärst du jetzt nicht so
glücklich," erzählte ich ihr am Telefon.
„Ach Conny. Danke, dass du immer für
mich da bist.
Also, er wollte mir das schon früher
erzählen, dass er der neue Besitzer der
Senioren Residenz ist, aber immer kam
etwas dazwischen. Er und sein
Zwillingsbruder hatten geerbt.

Er erzählte mir, er selbst habe ja auch Zwillinge.

Das Mädchen ist hier in der Nähe im Krankenhaus beschäftigt und der Junge ist in den USA.

Die Kinder sollen das später mal erben, deshalb die Reise in die USA.

„Und was ist mit seinem Bruder?", fragte ich nach.

Der sieht genauso aus wie Werner. Der kam eigentlich nur, um sich seine Hälfte des Heimes auszahlen zu lassen. Dann kam ich dazwischen und er verguckte sich in mich, weil ich blöde Kuh ihn, statt Werner geküsst habe.

Oh, Conny, wie werde ich den denn wieder los?"

„Was ist denn mit Else, die sucht doch so einen ‚Werner.' Und ob der nun Werner oder Verna heißt, merkt sie doch soundso nicht," lachte ich in den Hörer.

„Das stimmt, aber sie hat sich auf dem Portal für Herzensangelegenheiten für zweiundfünfzig ausgegeben. Sie ist achtzig, Conny. Außerdem sieht sie auch noch aus, wie achtzig.

Die will er nicht."

„Kann ich verstehen und was macht ihr jetzt?"

„Ich denke mal, dass ich eine Hypothek auf mein Haus aufnehme, Verna auszahle und selbst als Teilhaberin im Altenheim einsteige."

„Wow, das ging aber schnell, bist du dir denn da sicher?", fragte ich nach.

„Ja, das Heim wird komplett umgebaut und heißt dann:

Glückseligkeit

Ich denke mal, dass Werner es schon ernst mit mir meint.

Er sagte, dass er mich in den Urlaub mitnehmen will und dann eine Überraschung für mich geplant hat. Vielleicht einen Heiratsantrag, hi, hi,", gackerte Elfriede.

„Na, dann wünsche ich dir viel Glück und siehe zu, dass du diesen Verna loswirst, sonst gibt es nur Ärger," sagte ich noch schnell.

„Keine Sorge, wir haben ein Code Wort. Immer wenn wir uns sehen, solange dieser Verna noch hier ist, sagen wir: ‚*Glückseligkeit*.'

Dann weiß ich, dass es mein Werner ist."

„Gut so, dann bis die Tage mal Oma Thiel!"

„Ja, Tschüss Conny und danke nochmal!"

 Verna

Der Mann Verna machte nur Ärger, seitdem er erfahren hatte, dass Elfriede Thiel mit Werner zusammen ist. Glücklich sollen sie auch noch sein. Es ärgerte ihn auch, dass sein Bruder gesagt hat, es wäre kein Problem ihn auszuzahlen. Denn Elfriede würde die Auszahlung übernehmen und dann an seiner Stelle im Vertrag erscheinen. Verna musste sich etwas einfallen lassen, wie er an Elfriede rankam.

Er ärgerte sich, dass bei seinem Bruder immer alles so reibungslos funktionierte und bei ihm nicht. Das war schon immer so. ‚*Aber nicht mit einem Verna Spinner,*‘ dachte er. Er musste nur den ganzen Umbau sabotieren. Und das ging ganz einfach.

Er ging zum Vorarbeiter und besprach die weitere Vorgehensweise.

„Guten Morgen Herr Müller, sie sind doch hier zuständig für den ganzen Umbau, richtig?"

„Guten Morgen Herr Spinner, so früh schon auf den Beinen? Ja, aber das wissen Sie doch.

Das mit der Wand, die einstürzte und dem ganzen Staub tut mir leid."

„Ja, ja, schon gut, wo sind denn die Pläne für den Umbau?"

„Die Originale liegen in ihrem Safe. Ich habe nur die Kopie Herr Spinner!"

„Ach ja, stimmt ja. Der Umbau, Pläne, Hm……

Zeigen sie noch mal…..

Das muss aber hier anders gemacht werden.

Viele kleine Zimmer, damit viele Leute
untergebracht werden können.
Verstehen sie, Herr Müller?"
„Aber, sie wollten doch extra große
Zimmer. Deshalb der Umbau!"
„Hier, das wird extra bezahlt. Für ihre
Unannehmlichkeiten, doch wieder alles
umzubauen!"
„Sie sind der Boss!"
Kopfschüttelnd ging er zu seinen Leuten
und steckte das Kuvert in seine Tasche.
Verna hörte aus der Ferne: „Hallo Leute,
stoppt mal. Wir müssen die Wände
wieder hochziehen……."
*Das funktioniert super, überlegte sich
Verna. Jetzt muss ich nur noch Werner
aus der Schusslinie bekommen.*
Er buchte einen Flug in die Staaten, nach
Atlanta.

Werner war mit Elfriede zum Shoppen
verabredet. Sie wollte, dass er
modernere Sachen trägt.
Eine Jeans war da noch drin. So alt war
Werner noch nicht.

77 Jahre, das ist doch kein Alter. Wir kamen in einen Laden, wo es Camp-David Kleidung nur für den Mann gab. Sehr knallige Farben und sehr nettes Personal.

Sie behandelten uns, als wären wir gerade mal 50 Jahre.

Wir fanden eine Jeans, zwei Hemden. Eins in Weiß und eins in Rosa. Aber totschick sah er aus. Wir fanden sogar noch einen Gürtel der gleichen Marke.

Später, bei einem Herrenausstatter, kauften wir einen dunklen Smoking.

Einen Anzug in Leinen in der Farbe beige und drei paar Schuhe im Schuhgeschäft nebenan.

Socken, Unterwäsche und eine Krawatte haben wir bei P&C gekauft.

Dann brauchten wir eine Pause.

Werner war glücklich und lud Elfriede in ein Steakhaus ein.

Sie bestellten erst einmal zwei Bier.

Dann hörte Elfriede ihren Namen.

„Hallo Oma Thiel, du trinkst Bier?"

Sie drehte sich um und sah in die strahlenden Augen von Ole.

„Ole, wie schön dich hier zu treffen," rief sie erfreut. „Setz dich doch zu uns.

Das ist Werner, mein......äh....
Lebensgefährte."
Werner erhob sich sofort, nachdem er
sich schnell mit dem Handrücken seinen
Mund vom Bierschaum befreite.
„Hallo," sagte Werner, „setzen sie sich
doch zu uns. Elfriedes Freunde sind auch
meine Freunde."
„Bitte DU, nicht SIE, ich bin Ole."
So saßen die drei zusammen, aßen
zusammen und merkten gar nicht, wie
die Zeit verging. Werner erfuhr so, dass
Ole Architekt ist und Aufträge sucht.
Sie tauschten Telefonnummern aus.
Ole erzählte Oma Thiel, dass Else bei
seinem Onkel Thomas war. Er glaubt,
dass es da knistert. Als alle aufbrachen,
war es schon dunkel geworden.
Ole brachte die verliebten Herrschaften
mit Werners Auto zu Elfriede.
Dann zog er seine Laufschuhe an und
joggte zu dem Hof seines Onkels.
Fit genug war er ja, deshalb auch der
gute Körperbau.
Werner übernachtete im Gästezimmer.
Nicht bei Elfriede. Immer schön langsam
angehen lassen.

Als morgens alle am Frühstückstisch saßen, ging das Handy von Werner. Die Klinikleitung Margret war dran. Sie hatte ein Fax aus den USA bekommen.
Werners Sohn Mike hatte einen Autounfall.
Kreidebleich stammelte Werner nur noch:
„Elfriede, ich muss in die Staaten, der Mike hatte einen Unfall. Ich muss schnell zu ihm, bitte entschuldige den schnellen Aufbruch, aber ich muss dahin."
Elfriede hatte Verständnis. Dann war Werner auch schon weg.
Am Frühstückstisch blieben Heinz, Else und Elfriede zurück.
„Was gibt es heute zum Mittag?" fragte Heinz, um die Stille zu durchbrechen.
„Du hast doch gerade gefrühstückt, kannst du nicht mal an etwas anderes denken?" Mit diesen Worten stand Elfriede auf und ging in den Garten, um die vertrockneten Blumen zu gießen und Unkraut zu jäten.
Else sagte zu Heinz: „Es gibt Rouladen mit Rotkohl und Klößen.

Zum Nachtisch Rote Grütze mit
Vanillesoße und zwei Marzipan
Kartoffeln.
„Du bist die tollste Frau Else, ganz
ehrlich und du siehst so gut aus heute!"
Else strahlte, räumte das Geschirr vom
Tisch in den Geschirrspüler.
Als sie fertig war, fuhr sie mit dem Bus
zu Tick-Tack-Thomas.
Es waren nur noch zwei Eier im Schrank.
Na, wenn das kein Grund ist.

Verna war wieder da. Es hatte alles
funktioniert, was er sich vorgenommen
hatte. Er hatte Mike besucht und ihm
erzählt, dass er mit Sicherheit sein Erbe
von der Seniorenresidenz bekäme. Mike
freute sich darüber.
So konnte Verna das Fax direkt aus dem
Krankenhaus, in dem Mike arbeitet an
die Klinikleitung Glückseligkeit schicken.
Mit den Worten:
z.Hd. Werner Spinner

Dear Mr. Spinner,
Your son Mike Spinner had a heavy Car accident,
please come immediately into the clinic:
Piemont- Hospital

So, Verna hatte an alles gedacht. Werner war auf dem Weg in die Staaten. Der Weg zu Elfriede war jetzt frei.

Else hatte sich hübsch gemacht und diesmal war sie auch nicht so aus der Puste, weil sie mit dem Bus fuhr.
Der hielt genau vor dem Hof von Tick-Tack.
Als sie vor der Tür stand klingelte sie. Keiner öffnete. Sie klingelte nochmal, es war doch erst kurz vor zwölf Uhr. Die Tür war nicht verschlossen.
Sie schubste die Tür auf und rief:
„Thomas, Thomas bist du da?"

Genau in diesem Moment war es zwölf
Uhr mittags, und alle Kuckucksvögel
kamen mit einmal aus ihren Häuschen
und es gab einen riesigen Lärm.
Kuck-Kuck-Kuck-Kuck-Kuck-Kuck.
Else erschrak sich so sehr, dass sie
aufschrie.
Von hinten packten sie zwei Hände
beherzt an den Schultern und leiteten
sie aus der Wohnung. Es war Ole.
‚Mann, ist der aber stark,‘ dachte Else.
„Ich wollte zu Thomas, aber er war nicht
da,“ sagte sie zu Ole. „Der schläft eine
Stunde, ist Mittagszeit,“ sagte Ole.
„Bei dem Krach?“
„Er stellt sein Hörgerät aus, mein Onkel
Thomas ist dann taub.“
„Schade, ich wollte ein paar Eier
kaufen“, sagte sie ganz traurig.
„Die kann ich dir auch geben. Bezahlen
kannst du beim nächsten Mal bei
Thomas. Ich muss auch wieder, tschüss
Else.“
Unverrichteter Dinge zog Else wieder
ab. Sie fuhr mit dem Bus in die Stadt
zum Einkaufen, um für Heinz zu kochen.
Als sie wieder zu Hause ankam, der
Schweiß klebte an ihrer Bluse,

weil die Einkäufe schwer waren, stand vor dem Haus ein Gefährt.

Sie schaute es sich genauer an. Heinz kam aus dem Haus, in voller Ledermontur und einem Jet Helm auf dem Kopf.

„Na Else, da staunst du was? Ich gehöre noch lange nicht zum alten Eisen. Das ist mein Motorrad," sagte Heinz voller Stolz.

„Ein Motorrad mit Stützrädern?"

Else war wirklich erstaunt. So etwas hatte sie noch nie gesehen.

„Das sind keine Stützräder, das ist ein Beiwagen, da kannst du drinsitzen."

Voller Stolz zeigte er ihr den Beiwagen.

„Da komme ich nicht rein, geschweige denn je wieder raus, Heinz!"

„Doch, das geht schon. Bring die Lebensmittel rein und dann machen wir eine Probefahrt!"

„Und was soll ich anziehen?"

„Ja, eine Hose wäre gut und eine Jacke."

Heinz ging wie ein Roboter und hielt Else die Tür auf. Dann ging er zurück und begutachtete seinen Kauf. Else kam raus.

Sie sah umwerfend aus. Viel jünger, als sonst. Die Hose zwickte allerdings. Sie hatte den obersten Knopf aufgelassen, war ein Pulli drüber. Dann hatte sie noch eine Jacke gefunden, in der Farbe Silber. Sie wusste gar nicht, wie sie einsteigen sollte. Der Helm, den sie auch schon auf dem Kopf hatte, war ihr viel zu groß.

Beide schwitzen darunter.

Elfriede kam aus dem Garten und wollte einiges in der Küche säubern, als sie aus dem Fenster schaute. ‚*Was ist das denn, dachte sie. Was sind das für Leute. Der eine sah aus wie ein außerirdischer Roboter, der andere Kleine sah aus wie Alf im Raumfahrtanzug.*'

Elfriede ging raus und fragte höflich, ob sie helfen kann.

Erst dann sah sie, dass es Heinz und Else waren.

„Was macht ihr denn da?" „Wir wollen eine Probefahrt machen," schwitzte Heinz aus seinem Helm heraus.

„Nehmt doch erst einmal die Helme ab, ihr bekommt doch einen Kollaps!" Sie taten es Beide und waren völlig verschwitzt.

„Bist du sicher, dass du Motorrad fahren kannst, Heinz?" fragte Oma Thiel nach.

„Ja, ich hatte mal eine Zündapp, damit bin ich schon mal gefahren."

„Das ist schon 100 Jahre her!"

Else versuchte sehr umständlich in den Beiwagen zu klettern. Sie stieg erst mit dem einen Fuß hinein, dann mit dem anderen. Jetzt könnte sie sich knien, weil der Hintern vorne war. Also wieder raus.

Elfriede half ihr und irgendwann war sie drin. Sie meinte: „Hier komme ich nie wieder raus!"

Heinz gab ihr den Helm.

Dann versuchte Heinz sein Bein über das Motorrad zu schwingen. Vom Schwingen war das weit entfernt. Das Bein schaffte es bis zur Höhe des Motorblockes, dann war Schluss.

Elfriede musste als Stütze herhalten. Sie hob jetzt das Bein von Heinz an und gemeinsam hievten sie es über das Motorrad.

„Geht doch," sagte er voller Stolz.

Er ließ die Maschine an. Eine BMW mit Boxermotor röhrte auf.

Else winkte Oma Thiel und schrie etwas durch das Visier. Aber Oma Thiel verstand kein Wort. Heinz legte den ersten Gang ein und schon fuhren sie los.
Elfriede sah den Beiden hinterher. Ein Stück weiter legte sich Heinz mit seiner Maschine in eine Linkskurve. Der Beiwagen wurde dabei etwas hochgehoben.
‚Ob das gutgeht‘, dachte Elfriede.

Verna hatte sich etwas einfallen lassen. Sein Plan geht auf. Umbau sabotiert und sein Bruder weit weg in den Staaten. Jetzt war der Weg frei, Elfriede zu erobern.
Er rief sie an:
„Thiel,“ kam am anderen Ende.
„Hust, hust,“ kam erstmal zurück.
„Hallo, wer ist denn da?“
„Ja hallo, hier ist Werner, ich bin krank, habe Halsschmerzen und Fieber. Ich musste meine Reise absagen.

Meine Tochter, die Kathi fliegt rüber
und sagt mir dann Bescheid."
„Oh, hallo Werner, du hörst dich ja gar
nicht gut an, soll ich kommen und dich
pflegen?"
„Das würdest du machen? Ich liege in
meiner Suite im Bett. Wenn du mir ein
paar Medikamente gegen Schnupfen
mitbringen könntest? Und Elfriede, ich
möchte auch nicht allein sein, wenn du
also über Nacht bleiben könntest?"
„Äh ja, natürlich, ich beeile mich mein
Liebling, bis gleich!"
Jetzt musste sich Verna aber sputen.
Ersatzschlüssel von der Rezeption
stehlen und nichts, wie von der
Bildfläche verschwinden. Als er gerade
ungesehen in den Fahrstuhl steigen
wollte, kam ihm *Ernst* entgegen und
fragte:

„Wann kommt der Bus?"

Verna war so verdutzt, dass man ihn
nach dem Bus fragt, dass er antwortet:
„In zehn Minuten kommt der Bus und
jetzt verschwinde endlich."
Oben, in der Suite bereitete er alles vor.

147

Er zerwühlte das Bett, zog Kleenex
Tücher aus der Box und verteilte sie. Er
hatte ja Schnupfen. Holte einen Schal
und das Nachtzeug von Werner aus dem
Schrank, um es anzuziehen.

Elfriede schrieb einen Zettel, dass sie
heute bei Werner schläft und sie sich
keine Sorgen machen müssen. Werners
Tochter ist zu ihrem Bruder geflogen. Sie
legte den Zettel für Else und Heinz auf
den Tisch.
Dann radelte sie wie eine Verrückte los.
Erst zur Apotheke und dann weiter zum
Altenheim.
Als sie ankam, sah sie **Ernst** auf einem
Stuhl im Kies sitzen.
„Ernst, was ist los, warum sitzt du hier
draußen, auf einem Stuhl?"
„Herr Spinner hat gesagt, dass der Bus
in zehn Minuten kommt."
‚Verstehe ich nicht, dachte Elfriede.
Werner weiß doch, dass Ernst eine kleine
Schraube locker hat. Warum sollte er
ihm das sagen,' überlegte Elfriede.

„Ernst, der Bus ist schon weg, aber ich verspreche dir, dass ich dich bald mal mit dem Bus mitnehme. Na Ernst, was sagst du?"

„Echt? Du bist die Beste, Oma Thiel". Er drückte sie, dann ging er weg. Elfriede nahm den Stuhl mit hinein. Da Marius gerade kam, drückte sie ihm den Stuhl mit den Worten in die Hand: „Marius, kein Wunder, dass immer zu wenig Stühle da sind. Die stehen alle draußen!"

Verdutzt schaute er Oma Thiel an, sagte aber nichts, sondern räumte den Stuhl in den Speisesaal. Dann klingelte sie bei Werner. Verna öffnete die Tür mit einem lauten Hustenanfall. Elfriede kam gar nicht auf die Idee zu fragen: Glückseligkeit?

Ihrem Werner ging es viel zu schlecht. Sofort holte sie einen nassen Waschlappen für seine Stirn.

Heinz und Else hatten riesigen Spaß. Else juchzte lautstark auf, wenn Heinz sich in die Linkskurve legte und der Beiwagen ein Stück den Boden verließ.

Beide strahlten wie zwanzigjährige. Heinz war so in seinem Element, Motorrad zu fahren, das er in der engen Gasse den Beiwagen vergessen hatte. Er knallte den Wagen an der Wand lang. Nicht fest, aber es reichte, um diese Fahrt zu beenden. Als Else den viel zu großen Helm abnahm, lief ihr Blut über die Stirn. Heinz war voller Sorge.

Ein Krankenwagen wurde von Passanten gerufen. Die Sanitäter griffen Else beherzt unter die Arme und hievten sie aus dem Beiwagen. „Entschuldigen Sie bitte, wie alt sind Sie denn?", fragte ein Sanitäter.

„Zweiundfünfzig. Ich weiß, ich sehe jünger aus!", antwortete Else.

Die Sanitäter konnten sich gerade mal noch eine Bemerkung verkneifen.

Als Heinz von seinem Motorrad absteigen wollte, kam er nicht so runter, wie es er erhofft hatte. Deshalb ließ er sich einfach zur Seite kippen. Passanten eilten herbei, um zu helfen.

Sie kamen Beide in das nahegelegene
Krankenhaus.

Eine Ärztin mit dem Namen: Kathi
Neumann behandelte sie.

„Ich kenne Sie von irgendwo her,"
meinte Heinz zu der Ärztin.

Else war sauer, weil sie dachte, dass
Heinz mit der Ärztin flirten wollte.

Heinz überlegte. Dann fiel es ihm ein.

„Kennen sie einen Werner Spinner? Ich
habe ihr Bild auf seinem Schrank
gesehen, als ich da übernachtet habe."

„Ja, das ist mein Vater," gab sie erstaunt
zurück.

Manchmal ist es der Zufall, der hilft.

Die Beiden wurden versorgt und fuhren
dann mit dem Taxi nach Hause.

Heinz meinte, dass es wohl nichts mehr
für ihn sei, und er das Motorrad
zurückgeben würde.

Er wollte sich ein Auto kaufen. Else
strahlte ihn an und meinte: „Hat aber
einen Heidenspaß gemacht, Heinz" und
gab ihm einen Kuss auf die Wange.
Heinz strahlte.

Zu Hause fanden sie den Zettel von
Elfriede vor.

„Hm," sagte Heinz, „die Tochter kann doch gar nicht in den Staaten sein. Da rufe ich nochmal an."

Am Telefon war Kathi, wie wir sie dann nennen durften, völlig überrascht. Sie wusste nichts von einem Unfall. Sie versprach, den Bruder anzurufen und sich dann nochmal zu melden.

Zehn Minuten später berichtete sie, dass es ihrem Bruder ausgezeichnet ginge, aber Verna wohl da war.

Else und Heinz kombinierten sofort.

Dann ist Werner umsonst geflogen und Elfriede ist jetzt bei Verna und nicht bei Werner.

Kathi sagte, dass sie sofort ihren Vater informieren würde.

Else und Heinz machten sich mit dem Bus auf den Weg zum Altenheim.

Elfriede kümmerte sich entzückend um ihren Werner. Er genoss es, dass Elfriede ihn umgarnte.

„Das Fieber ist aber schnell runtergegangen," sagte sie zu ihm.

„Mir geht es auch schon viel besser. Ich könnte schon wieder küssen."

Er wollte ihr gerade einen Kuss aufdrücken, als Elfriede sagte: „Nicht doch, du steckst mich noch an." Dabei ging sie zurück und fragte: „Wie ist das Code Wort?"

Verna verstand nicht so recht und meinte deshalb: „Bitte?"

„Bitte?" Oma Thiel überlegte, *,warum sagt er nicht das Code Wort richtig und warum lässt er **Ernst** auf den Bus warten. Das war nicht ihr Werner, das war sein Bruder,'* entfuhr es ihr.

In dem Moment klingelte es an der Tür.

„Mach nicht auf Schatz, die wollen nur wieder was von mir!"

,Wieso Schatz? Hat er noch nie gesagt.' Elfriede ging zur Tür, um sie zu öffnen.

Else und Heinz waren ganz außer Atem. Else hatte ein Pflaster über der Augenbraue.

„Was ist passiert?" fragte Oma Thiel verwundert nach.

Else bekam keine Luft und keuchte nur. Heinz übernahm und sagte:

„Das ist nicht Werner, sondern sein Bruder."

153

Er ging an Elfriede vorbei in die Küche, holte sich ein Bier aus dem Kühlschrank, öffnete es und nahm einen großen Schluck.

Dann sagte er: „Entschuldige bitte, ich weiß, dass Werner immer Bier im Kühlschrank hat, war ja auch mal über Nacht hier."

Else schritt, nachdem sie sich erholt hatte, ins Schlafzimmer.

„*Hallo Axel 56*, jetzt kommt deine *Rose* zu dir ins Bett, zum Kuscheln."

Verna sprang aus dem Bett.

Er war aufgeflogen. Er zog hastig seine Hose über und floh aus der Suite. Er rannte Herrn Müller um, der gerade zu ihm wollte. Elfriede war geschockt, über so viel Frechheit.

Als sich alle beruhigt hatten, tranken sie ein Bier, auch Herr Müller.

Er erzählte, dass sich die Arbeiter verarscht fühlten und gegangen seien.

Es täte ihm sehr leid.

Es herrschte Chaos im Altenheim.

Mit Werner hat Elfriede dann auch gesprochen und ihm erzählt, dass der Umbau nicht weitergehen wird.

*

Zwei Tage später saßen Werner, Elfriede, Heinz, Else und Ole in der Suite von Werner.

Ole übernahm den Auftrag, den Umbau des Altenheims weiterzuführen. Er freute sich endlich wieder arbeiten zu dürfen.

Ernst wurde in die Suite zitiert.

Er kam rein und fragte:

„Wann kommt der Bus?"

„Genau jetzt kommt der Bus, wir fahren alle mit, Ernst."

Als sie mit ihm runtergingen, strahlten seine Augen, wie bei einem kleinen Kind.

Endlich durfte er Bus fahren.

Oma Thiel dreht durch

„Willst du meine Frau werden?"
Oh Gott, jetzt kniet er vor mir und fragt
mich endlich.
Ich liebe ihn so sehr, meinen Werner.

„Elfriede!"

„Ja, natürlich will ich
mein Liebling,"
gab sie zur Antwort.

„Elfriede!"

„Warum hat das denn so lange gedauert
mit dem Antrag, warst du dir nicht
sicher?"
„Natürlich war ich mir sicher, denn…"

„Elfriede,
wo steckst du denn,
das Frühstück ist
schon fertig!"

„Wie, was, ja ich will.“

**„Ach du bist noch im Bett?
Komm jetzt endlich,**

**Frühstück ist fertig,“
bollerte Heinz los.**

Oma Thiel riss die Augen auf, sie war
schweißnass gebadet und hatte alles nur
geträumt.
„Wieso schreist du denn hier so rum
Heinz,“ entgegnete Oma Thiel.
Heinz sagte trotzig:
„Meine Eier werden ganz kalt!“
„Es ist gerade mal 09:04 Uhr, aber egal,
ich komme gleich. Fangt schon mal ohne
mich an,“ stöhnte Elfriede. Sie musste
erst einmal wach werden. Gestern hatte
sie noch zwei Stunden mit mir
telefoniert. Dadurch ist es so spät
geworden.
Als sie in die Küche kam, saßen Else und
Heinz am Frühstückstisch.

„Was ist denn mit dir los? Wir frühstücken doch immer um 09:00 Uhr," fragte Else nach.

„Ich bin doch hier nicht auf der Arbeit, wo ich stempeln muss.

Ich bin Rentnerin und kann doch auch mal ausschlafen!"

Heinz schaute sie besorgt an.

„Hattest du gestern Sex?", fragte er Elfriede. „Wieso?", kam zurück. „Na, ich hatte so ein Stöhnen aus deinem Zimmer gehört, deshalb."

„Du wohnst doch in der Einliegerwohnung, wie kannst du da ein Stöhnen aus dem ersten Stock meines Zimmers hören?"

Mist, jetzt hätte er sich beinahe verraten.

Heinz war nämlich noch bei Else. Im Zimmer direkt neben Elfriede.

Die beiden haben noch Karten gespielt. Dabei hatten sie sich noch nett unterhalten, über die Motorradtour, die Heinz und Else gemacht hatten.

Oma Thiel war aber mit den Gedanken schon wieder woanders.

Es fiel gar nicht weiter auf, dass Heinz keine Antwort gegeben hatte, sondern sich sein zweites Ei als Ganzes in den Mund schaufelte. So blieb er Oma Thiel die Antwort schuldig.

Als sie mit dem Frühstück fertig waren, räumten die Frauen das Geschirr weg und Heinz ging in den Garten, nach den Blumen sehen. In Wirklichkeit ging er heimlich seine Zigarre rauchen.

Elfriede machte sich im Bad frisch. Danach radelte sie mit ihrem E-Bike zum Altenheim,

um Werner zu besuchen. Sie wollten Einzelheiten besprechen.

Das Altenheim, das jetzt ,**Glückseligkeit'** hieß, gehörte Werner zur Hälfte. Er bewohnte im oberen Bereich eine Suite. Von da aus konnte er die Umbauten, die im Heim seit kurzem herrschten, besser kontrollieren. Seinen Zwillingsbruder Verna, der versuchte ihn zu sabotieren und ihm seine Elfriede wegnehmen wollte, wird in zwei Tagen ausbezahlt. Die andere Hälfte des Heims besaß jetzt Elfriede, die eine Hypothek auf ihr Haus aufgenommen hatte. Sie wollten Verna ausbezahlen, um ihn loszuwerden.

Jetzt hatte Werner eine kleine Überraschung für seine Elfriede.

Insgeheim hoffte sie auf einen
Heiratsantrag.

*

Else machte sich auf zur Sparkasse, um
Geld zu holen. Sie hatte nicht einmal
mehr einen Euro in der Tasche.
Also fuhr sie widerwillig mit ihrem
E-Bike.
Danach wollte sie noch zu Tick-Tack -
Thomas, Gemüse und Eier kaufen.
Der Hof des Bauern lag gute drei
Kilometer von zu Hause entfernt. Der
Bauer Thomas hat einen Tick. Er
sammelte Kuckucksuhren. Deshalb
nennen ihn alle Tick-Tack.
Sein Neffe Ole wohnt auch auf dem Hof,
aber im Gästehaus.
Er ist Architekt und macht zurzeit den
ganzen Umbau des Heimes,
Glückseligkeit.
Die Sparkasse liegt entgegengesetzt zum
Hof.
Also musste Else erst einen Kilometer
bergauf, um dann vier Kilometer bergab
zum Hof strampeln.

Else brauchte dringend einen Freund
mit Auto. So ging das gar nicht mehr.
Sie suchte einen sportlichen,
unabhängigen Mann mit Haus und Auto.
Heinz ist auch nett und
Tick-Tack – Thomas auch, aber alle viel
zu alt. Sie ging in Gedanken die Männer
noch einmal durch.

Krach, Bumm, Quietsch.

Else flog der Länge nach mit ihrem
Fahrrad hin. Gottseidank hatte sie einen
Helm auf dem Kopf.
Als sie die Augen öffnete, beugte sich
ein gutaussehender Mann über sie.
„Sind Sie verletzt, das tut mir so leid, ich
habe Sie zu spät gesehen. Hallo, hören
sie mich?"
Es klang alles, wie durch Watte. Etwas
später hörte sie Sirenen. Dann kamen
zwei Männer in roten Uniformen.
„Hallo, können Sie mich hören, wie
heißen Sie?"
Einer von ihnen tätschelte Else leicht die
Wangen.
„Na hören Sie mal, was erlauben Sie
sich." Else öffnete kurz ihre Augen.

161

„Oh, sie sehen aber nett aus. Haben Sie heute schon was vor?"
Dann nickte der Kopf wieder zur Seite.

∗

Elfriede war bei Werner angekommen und sie machten Pläne.
Wie genau die Zimmer aussehen sollten. Auch an kleine Wohnungen war gedacht. Das Altenheim *Glückseligkeit* sollte in neuem Glanz erstrahlen. Oma Thiel und Werner waren jetzt Eigentümer dieser Residenz.
Viele der alten Leute musste vorrübergehend woanders untergebracht werden.
Es war zu laut geworden.
Als alles besprochen war,
gingen beide zum Essen aus, weil Werner noch eine Überraschung für seine Elfriede hatte.
Sie war so aufgeregt. Bestimmt will er ihr einen Heiratsantrag machen.
Er bestellte Champagner. Sie trank ihn vorsichtig, weil sie den Ring darin vermutete, aber nichts.

Zum Hauptgang gab es Hummer.
Vielleicht in den Scheren versteckt?
Auch nicht.
Aber im Nachtisch, leider auch nichts.
Sie war sauer. Dann sagte er mit
Freudentränen: „Ich habe noch eine
Überraschung für dich, hier."
Er übergab ihr einen Briefumschlag.
*‚Na, da wird er den Ring wohl nicht
versteckt haben, dachte sie.'*
Sie öffnete den Umschlag und sah zwei
Karten für eine Aida- Kreuzfahrt.
„Ich verstehe nicht so richtig.
Du willst jetzt eine Kreuzfahrt machen?
Was ist mit dem Umbau des Heimes?"
„Der Ole macht das schon, wenn wir
zurück sind, ist alles fertig. Wir fahren in
die Karibik, großartig was?"
Oma Thiel freute sich, aber sie hätte das
gerne als Flitterwochen genossen. Sie
zeigte ihre Enttäuschung aber nicht.
Stattdessen sagte sie:
„Ja, ganz großartig, danke schön."
In ihrer Handtasche klingelte ihr Handy.
Das klingelt eigentlich nie. Das hatte sie
irgendwann einmal von ihren Kindern
bekommen. Für den Notfall.

„Thiel," meldete sie sich. „Schönen guten Tag, das städtische Krankenhaus hier, kennen sie eine Else Schmidt?"

„Ja, wieso?"

„Sie hatte einen Fahrradunfall, und liegt in der Klinik. Kommen Sie bitte vorbei. Sie hat ausdrücklich nach ihnen gefragt. Ihr Mann ist schon da." „Mann?"

„Ja, er hält ihre Hand und er kümmert sich rührend um sie," sagte die Krankenschwester.

„Aha, ja, ich komme gleich."

Dann rief sie zu Hause an, da sie dachte, dass es bestimmt Heinz ist, der ihre Hand hielt, aber der war zu Hause. Er wollte sich auch gleich auf den Weg ins Krankenhaus machen.

Als Else wieder bei Bewusstsein war, saß ein gut gekleideter etwas älterer Mann an ihrem Bett und hielt ihr die Hand. Erst konnte sie ihn nur schemenhaft erkennen. Umrisse. Dann sah sie ihn klar und deutlich.

Er hatte grau melierte Haare, sportlich geschnitten.

Er trug einen Anzug, auch in grau, ein weißes Hemd und eine silbrige Krawatte. Sie sah auf seine Hand. Dabei fiel ihr auf, dass er Manschettenknöpfe trug. Seine Hände waren gepflegt und das Wichtigste, es war kein Ring an seinem Finger zu sehen.

„Wie geht es Ihnen?", fragte er mit einer angenehmen Stimme nach.

„Wer sind sie und wo bin ich, was ist passiert?"

Der galante Herr stellte sich als Harald Schmitt vor und erklärte ihr, dass er sie angefahren hatte,

weil er durch sein Handy abgelenkt war. Da sich die Nachnamen lediglich durch die Schreibweise unterschieden, Else Schmidt mit *dt* und der nette Herr Schmitt mit *tt,* war es kein Problem, sich als ihr Mann auszugeben.

Er konnte sie doch nicht einfach ihrem Schicksal überlassen.

Er hielt immer noch ihre Hand.

„Was habe ich denn?" fragte sie nach.

In dem Moment kam der Arzt ins Zimmer.

165

„Na, geht es ihnen denn wieder besser? Sie haben eine Gehirnerschütterung, mehrere Hämatome und Schürfwunden. Wir müssen noch ein paar Untersuchungen machen, deshalb müssen Sie über Nacht zur Beobachtung hierbleiben.
Ich denke aber, dass Sie morgen nach Hause gehen dürfen."
Es klopfte und Oma Thiel kam herein, dicht gefolgt von Werner. Heinz kam auch noch keuchend hinterher.
Der Arzt verabschiedete sich freundlich und verließ das Zimmer.
Herr Schmitt zog unauffällig seine Hand von Else mit den Worten zurück: „Ich gehe dann mal." Verabschiedete sich und verließ auch das Krankenzimmer.
Elfriede fragte sofort nach: „War das dein Mann?"
Dabei hob sie eine Augenbraue.
„Wie kommst du denn darauf? Du weißt doch, dass ich nicht verheiratet bin."
„Er hat sich aber als dein Mann ausgegeben und hielt wohl auch deine Hand," entgegnete Oma Thiel noch einmal.

Heinz trat jetzt ans Bett. „Was machst
du denn für Sachen?
Ich kaufe mir direkt ein Auto, damit ich
dich fahren kann. In deinem Alter noch
mit dem Fahrrad fahren!"
Else war für einen kurzen Augenblick
entzückt. Aber den Satz: *in deinem Alter,*
hätte er auch weglassen können.
Heinz weiter:
„Wann kommst du denn wieder nach
Hause, wegen kochen und so? Du weißt
ja, dass ich eine Allergie gegen das
Kochen habe, liebste Else!"
„Heinz! Du siehst doch, dass es ihr nicht
gut geht, wie kannst du da vom Kochen
reden?"
Oma Thiel war ganz aufgebracht.
Dann schickte Elfriede, Werner und
Heinz runter zum Büdchen,
um ein paar Zeitschriften und etwas
Süßes zu kaufen. Sie wollte mit Else
allein reden. Kaum waren die Männer
weg: „Wer war denn der nette Mann
Else?", fragte Elfriede nach.
„Ich glaube, der hat mich angefahren. Er
heißt Harald Schmitt, mehr weiß ich
auch noch nicht.

Sein Nachname wird allerdings mit *tt* geschrieben und nicht wie bei mir mit *dt.* Deshalb hat er sich als mein Mann ausgegeben."

„Der sah aber gut aus Else. Vielleicht musst du erst angefahren werden, um einen Mann kennenzulernen," lachte Elfriede.

Auch Else lachte. Dann umarmten sich die Damen vorsichtig, wegen der Schürfwunden. Die Tür sprang auf, ohne dass jemand anklopfte.

Die Männer waren schon wieder da. Sie haben eingekauft:

Eine Zeitschrift, die sich Playboy nannte. Eine Zeitschrift, auf der Auto- Motor- Sport stand. Eine Bildzeitung, und als Süßes: Marzipankartoffeln.

„Was soll sie denn mit diesen Zeitschriften, da steht doch kein Klatsch drin. Ich gehe nochmal runter. Werner, kommst du nochmal mit?"

Dann waren sie weg.

Heinz hielt die Hand von Else. Er mochte sie schon gern.

‚Komisch, dachte Else, vor zehn Minuten noch diese elegante Hand von Harald und jetzt diese dicken Fleischerhände von Heinz.' Es klopfte.

Tick-Tack- Thomas kam ins Zimmer. Er hatte gehört, was passiert ist.

Wie nett, er brachte ihr eine Kuckucksuhr mit.

Jetzt tickte es sogar im Krankenzimmer. Thomas meinte, immer wenn es zu jeder Stunde Kuckuck macht, soll sie an ihn denken.

Heinz war sauer und fragte: „Wieso soll Else an dich denken? Deine blöde Uhr kannst du gleich wieder mitnehmen!"

Elfriede und Werner kamen wieder. Jetzt mit ein paar Zeitschriften für Frauen. Einen Liebesroman, Schokolade und etwas Salziges.

„Was ist denn hier los, und was tickt denn hier so laut?" Else vertrete die Augen.

„So, alle raus hier," befahl Oma Thiel, „Else braucht Ruhe. Die Uhr kannst du ihr ein anderes Mal geben. Im Krankenhaus sind Kuckucksuhren verboten, vor allem nachts, wenn der Vogel raus will!"

Sie schob alle aus dem Zimmer.

Sie meinte zu den Männern, „wir sehen uns später."

Als alle draußen waren, drehte sich Elfriede zu Else herum.

„So, endlich sind alle weg, nun erzähle mal alles in Ruhe, Else. Was genau ist passiert?"

Else erzählte ihrer Freundin alles, nicht nur von dem Unfall, auch von den ganzen Männern.

Sie kann sich nicht entscheiden.

„Will denn einer der Männer dich, Else?", fragte Elfriede nach.

„Nö, bis jetzt wissen die Männer das noch nicht, dass sie mich haben können. Ich muss mich erst einmal für jemanden entscheiden, dann öffne ich mich."

„Wie sich das anhört, Else.

Du bist achtzig, gehst stramm auf die einundachtzig zu und willst dich öffnen. Wir in unserem Alter schließen bald alles, da fällt der Vorhang. Da wird nichts mehr geöffnet."

„Aber du hast doch auch deinen Werner.

Wie sieht es denn aus, mit Heirat? Nicht, dass bei dir nachher draufsteht:

Leider geschlossen!"
Die Beiden lachten herzlich, dann
verabschiedete sich Elfriede.
Sie wollte noch mit mir in Ruhe
telefonieren.
Als sie wieder zu Hause war, setzte sie
das gleich in die Tat um.

„Hallo Conny."
"Oh, hallo Oma Thiel, was macht die
Liebe?"
„Ach, Werner will mit mir eine
Kreuzfahrt machen, nichts mit Antrag
oder so,"
sagte sich sichtlich enttäuscht.
„Aber Oma Thiel, das ist doch super. So
wie ich Werner kenne, wird er dir in der
Südsee unter Palmen beim
Sonnenuntergang einen Antrag
machen!"
„Meinst du wirklich, daran habe ich
noch gar nicht gedacht.
Aber du könntest Recht haben. Werner
ist ein Romantiker, der schiebt einem
nicht einfach so den Ring auf den
Finger," sagte sie strahlend.
„Na also, das wird schon. Ganz
bestimmt," gab ich noch zum Besten.

Dann erzählte sie mir noch von Else und was alles passiert, ist...

*M*änner

Else wurde schon am nächsten Tag mit der Aufforderung, sich zu schonen, entlassen.
Heinz hatte sich noch am gestrigen Tag einen alten gebrauchten Mercedes gekauft. Er wollte nicht, dass Else mit dem Fahrrad noch irgendwo hinfährt. Er wollte sich jetzt liebevoll um sie kümmern.
Das war sein Plan.
Else war entzückt, er hatte sogar ein paar Blumen aus dem Garten gepflückt, um den Tisch zu dekorieren.
Allerdings hatte er den Blumen kein Wasser in der Vase gegönnt. Er hatte das schlicht vergessen.

Ansonsten sah es nett aus, alles aufgeräumt.

Else dachte sich, dass das nur Elfriede gewesen sein konnte.

Sagte aber nichts, sondern freute sich wieder zu Hause zu sein.

„Du brauchst dich um nichts zu kümmern, ich mache alles. Ich koche auch für dich."

„Oh, wie schön Heinz, das ist ja so lieb von dir."

Pünktlich, um ein Uhr, stand das Essen auf dem Tisch. Da Elfriede wieder bei Werner war, ist Heinz jetzt für Else verantwortlich.

Else bewegte sich etwas mühselig in die Küche. Ihr taten die Knochen weh.

Außerdem hoffte sie auf eine warme Suppe.

Die Gehirnerschütterung ließ sie doch immer wieder auf die Toilette gehen, um sich zu übergeben. Auch diese Kopfschmerzen waren unerträglich. Als sie auf den Küchentisch schaute, war sie geschockt.

Dort lagerten Unmengen von: Pommes Frites.

Big Mac, Double Big Mac,
Cheeseburger Royal,
Chicken Nuggets,
zwei Hamburger,
Ketchup, Mayonnaise
und andere Soßen.

Eine große Cola mit jeder Menge Eis drin, und ein Bier aus unserem Kühlschrank war auch dabei.

Else starrte auf den Tisch, auf dem weder Teller, geschweige denn Besteck zu sehen waren. Es stank nach frittiertem Essen.

Sie würgte.

„Siehst du, ich habe alles besorgt. Ich wusste nicht, was du magst, deshalb habe ich das geholt, was ich gerne esse. Setz dich doch, guten Appetit." Heinz setzte sich und schob sich die ersten Pommes in den Mund.

„Ich dachte, du kochst ein Süppchen für mich. Ich kann doch meinem Körper, mit einer Gehirnerschütterung nicht all das fettige Zeug zumuten."

Sie würgte nochmal, hielt die Hand vor den Mund und rannte auf die Toilette.

Den Rest hörte man durch die dünnen Wände.

Heinz war enttäuscht.

Er wollte doch nur nett sein und auch mal etwas zu essen machen.

,Schade,' dachte er. Dann biss er beherzt in den doppelten Big Mac.

Die Soße lief mit etwas Fett aus seinen Mundwinkeln, als Oma Thiel die Küche betrat.

„Was stinkt denn hier so ekelig und was sind das für Geräusche? Wie sieht es denn hier aus?"

Der Tisch sah aus, wie auf einem Schlachtfeld. Alles aufgerissene Tüten.

Sie sah Heinz und seinen fettigen Mund.

„Kannst du bitte mal anständig essen und nicht immer wie ein Schwein, Heinz?

Pack deinen ganzen Krempel und geh in deine Wohnung!"

Während sie das sagte, öffnete sie das Küchenfenster und wedelte etwas frische Luft in den Raum. Sie packte alles auf ein Tablett und schubste Heinz aus der Küche. Dann machte sie sich ran, ein Süppchen für Else zu kochen.

Sie kam leichenblass, mit den Worten in die Küche:

„Ich glaube, ich bin schwanger, ich kotze so viel."

„Else, du bist achtzig, schon vergessen? Außerdem sollst du mit deiner Gehirnerschütterung im Bett liegen."

„Ich dachte, du bist bei Werner, Urlaubspläne schmieden?"

„Ich kümmere mich erst einmal um dich. Wir fahren erst in drei Tagen. Ich habe Hühnchen geholt und werde dich wieder aufpäppeln.

Ich hoffe nur, dass hier alles läuft, wenn ich weg bin. Vor allem mit Heinz."

„Das wird schon, er hat ja jetzt ein Auto," sagte Else.

„Ach, dann ist das Auto von Heinz, das in der Garagenauffahrt steht?
Mit der Klo Rolle hinter der Heckscheibe und dem Aufkleber:

„Vorsicht gefährlicher Rentner."

„Du weißt ja, wie er ist," gab Else
lächelnd zurück.

*T*raumschiff

Es so weit. Ich brachte Oma Thiel und
Werner zum Hafen.
Ich musste ihr hoch und heilig
versprechen,
mal nach dem Rechten zu sehen. „Du
weißt ja, wie Else und Heinz sind. Sie
sind ein bisschen chaotisch."
„Ja, Ja, ich mache das schon. Kümmert
euch jetzt um euch und vertragt euch.
Ihr wisst doch. Auf einem Schiff kann
man nicht weglaufen."
Ich dachte nur bei mir: *,Hoffentlich
macht Werner ihr einen Heiratsantrag'.*
Auf dem Schiff war alles riesengroß. Da
kann man sich schon verlaufen.

Sie hatten eine Kabine mit Balkon, was eher einem Austritt entsprach.

,Ach, so eng alles,' dachte Elfriede. Aber sie wollte nicht gleich zu Anfang schon meckern. Sie wollte erst einmal den Ring abwarten. Mal sehen, wann das passiert.

Als sie alles in der kleinen Kabine verstaut hatten, gingen sie auf Erkundungstour und wollten sehen, wie das Schiff ablegt.

Ihnen kam ein älteres Paar entgegen. Der Mann schleppte die Koffer und die Frau stöckelte, nur mit einem Kosmetikkoffer an der Hand, hinter ihm her. Diese Frau meckerte ihren Mann an, er solle sich mal beschweren, dass die Kabine zu weit weg sei.

Wir gingen kopfschüttelnd weiter.

Oben, auf Deck, war der Ausblick atemberaubend. Werner hielt die Hand seiner Elfriede.

Er gab ihr einen Kuss und dann, mit viel Getöse, legte das Schiff ab.

Werner dachte:

,Einfach nur schön'.

Oma Thiel dachte:

‚Wann er das mit dem Heiratsantrag wohl vorhat?‘

∗

Es klingelte an der Tür. Heinz öffnete und ein Blumenbote stand mit einem schönen Frühlingsstrauß in den Händen vor ihm.

„Frau Else Schmidt?"

Er fragte höflich nach, ob sie da wohnt. Heinz dachte aber, er fragt ihn, ob er Else Schmidt sei.

„Sehe ich aus, wie eine Frau, Sie Volltrottel?"

„Endschuldigen Sie, wohnt hier eine Else Schmidt?"

„Jupp," kam mit knapper Antwort.

„Würden Sie ihr bitte diese Blumen überreichen?"

„Kann ich machen."

Die Tür fiel ins Schloss. Er stellte die Blumen in einer Vase auf den Tisch. Diesmal ließ er vorher Wasser ein.

Er sah ein Kärtchen in dem Strauß. Schwupp, hatte er sie in den Händen und las, vom wem diese Blumen waren.

‚Von einem Harald, kenne ich nicht‘,
dachte Heinz.

In dem Moment kam Else in die Küche.

„Oh, die sind aber schön, sind die von
dir Heinz?"

Er ließ das Kärtchen in der Hosentasche
verschwinden.

„Ähm, ja, gefallen sie dir, Else?"

Sie roch an dem frischen Strauß und
meinte:

„Die sind wunderschön, danke, mein
Lieber!"

Heinz überlegte:

‚der Blumenbote hat doch gesagt, ich
solle Else die Blumen überreichen, das
habe ich getan.‘

Else wollte, weil es ihr schon besser
ging, zu Tick-Tack-Thomas, um frisches
Gemüse und Eier zu kaufen. Allerdings
wollte sie nicht mit dem Fahrrad fahren
und Heinz würde nur stören. Also ging
sie, als Heinz seine Zigarre rauchte,
schnell zur Bushaltestelle.

Sie schrieb auf einem Zettel:

Hallo Heinz,
ich konnte dich nicht finden,

***bin zum Hof gefahren, um Eier zu
kaufen,
Gruß, Else.***

Als sie am Hof ankam, lief ihr Thomas
ganz aufgeregt entgegen.
„Hallo, meine Liebe, wie geht es dir,
alles wieder gut? Kommst du, um deine
Kuckucksuhr zu holen, die ich dir im
Krankenhaus schenken wollte?"
‚Gott bewahre, dachte Else, *die hatte sie
schon erfolgreich verdrängt.'*
Ole kam auch gerade: „Hallo Else, geht
es dir gut? Hast du etwas von den
Turteltauben gehört?"
„Nein, noch nicht. Sie genießen
bestimmt ihre Zweisamkeit,"
antwortete Else.
Tick-Tack kam mit der Uhr, die er schnell
geholt hatte, während Else mit Ole
sprach.
„Das ist eine ganz besondere Uhr, Else.
Der Kuckuck kommt nicht nur jede
Stunde raus. Schau mal, hier ist eine
zweite Tür, da kommt alle fünfzehn
Minuten der kleine Kuckuck raus.

Und zu jeder vollen Stunde Beide zusammen. Also der große und der kleine Vogel. Ist das nicht großartig?"
Er lachte dabei und strahlte über seine rosigen Wangen.
Else dachte:
,Ich war der Meinung, dass er lustig ist, wer soll denn darüber lachen? Sein Briefkasten vielleicht?'
Else lächelte gequält.
„Ich wollte eigentlich Eier und frisches Gemüse, Thomas. Ich weiß nicht, ob ich diese Uhr annehmen kann. Die ist doch aus deiner Sammlung."
„Für dich mache ich doch alles," schwärmte Thomas in Elses Richtung.
Ein Auto kam mit viel zu hoher Geschwindigkeit auf den Hof gefahren. Die Hühner schreckten auf und flogen wild durcheinander. Der Hund bellte wie verrückt. Heinz kam mit seinem neuen, alten Auto auf dem staubigen Boden zum Stehen. Er riss die Fahrertür auf und stürzte sich auf Tick-Tack.
„Lass sie endlich in Ruhe, sie will nichts von dir und deine blöde Uhr kannst du auch behalten."

Er nahm Else die Uhr aus der Hand und donnerte sie vor die Füße von Tick-Tack. Sie tickte schon mal nicht mehr.
„Heinz," rief Else, „was ist denn in dich gefahren, spinnst du, oder was? Entschuldige dich sofort bei Thomas!"
Ole kam angelaufen und nahm die Spannung zwischen den Beiden etwas raus. Er beruhigte Heinz, der dann nach Hause fuhr. Else war untröstlich, dass die Uhr jetzt kaputt sei und trank nun erst einmal mit Thomas einen Likör in seiner Küche.

Oma Thiel und Werner waren richtig verliebt. Sie turtelten vertraut, dachten nicht an den Umbau zu Hause und genossen die unbeschwerte Zeit.
Im Speisesaal saßen sie an einem Zweiertisch. Am Nebentisch saß das Pärchen, das ihnen bei der Ankunft im Gang negativ aufgefallen war.
Dieses Mal meckerte die Frau über den Champagner,

der zu warm war und das Essen, das zu kalt war. Sie sprach mit ihrem Mann in einem Ton, der in dieser Atmosphäre gar nicht ging. Der Mann sagte nichts, nickte nur mit dem Kopf.

Oma Thiel und Werner konnten sich gar nicht auf sich konzentrieren.

‚Wie soll Werner mir denn einen Heiratsantrag machen, wenn er genau neben uns schon das Elend sieht, dachte Elfriede.

Also stand sie kurzerhand auf, ging zu dem Tisch und versuchte zu schlichten. Das aber ging nach hinten los.

Die Frau schrie Elfriede an: „Wer hat Sie denn gefragt, keine Sau, denke ich. Kümmern Sie sich um ihren eigenen Dreck, dann…"

Werner war jetzt dazugekommen.

„Endschuldigen Sie bitte, gnädige Frau, darf ich mich ihnen vorstellen:

Prof. Dr. Werner Thiel."

Er nahm ihre Hand und deutete einen Handkuss an. Die Frau war hin und weg. Elfriede nicht. Sie schaute ihn mit einem Fragezeichen im Gesicht an. Dann verstand sie.

,Frauen sind doch so leicht zu beeinflussen, dachte sie.

„Oh, ein Professor und Doktor sind Sie."

„Darf ich Sie zu einem kalten, prickelnden Champagner einladen?", gurrte Werner weiter.

„Hast du das gehört, Klaus – Dieter, das ist ein Gentleman, was?"

Oma Thiel ging auf dieses Spiel ein.

,Hauptsache, die streiten nicht mehr. Aber Werner hätte ja nicht so dick auftragen müssen. Er will also meinen Namen annehmen. Ist er nicht bezaubernd?'

Also, der Mann hieß Klaus - Dieter. Die Frau stellte sich jetzt in einem angenehmen Ton, als *Ingeborg von Laarsen* vor. Mit doppelt A.

Wir gingen zum Du über und schlürften den Champagner.

Elfriede war genervt, da diese Ingeborg den frisch erfundenen Professor anhimmelte. Der Abend war gelaufen.

✱

Else trank mit Tick – Tack einen Likör
nach dem anderen. Beide waren gut
drauf. Else war so angetrunken, dass sie
Thomas erzählte, dass er vom ganzem
Dorf Tick-Tack genannt wird, weil er so
einen Tick mit den Uhren hatte.
Thomas lachte.
Sie konnte trinken, soviel sie wollte.
Thomas wurde nicht schöner.
Sie wollte aufstehen, doch dabei kippte
sie zur Seite, so dass Thomas sie
auffangen musste. Er trug sie nach
oben, ins Schlafzimmer.
Am nächsten Morgen wurde Else wach.
Als erstes überlegte sie, wo sie denn
war. Als sie es merkte, erschrak sie und
dachte. *‚Oh mein Gott, habe ich meine
Zähne drin?'* Hatte sie.
Sie mochte sich kaum zur Seite drehen.
Nein, da lag Tick-Tack, aber ohne Zähne,
und er schnarchte mit offenem Mund,
iiiihhhh.
Sie versuchte sich zu erinnern, ob sie
wohl Sex miteinander hatten. Ihre
Erinnerung brachte noch folgendes
zusammen:

*‚Else, ich will mit dir schlafen,
die Uhren reichen mir nicht mehr.*

Ich brauche eine richtige Frau.
Meine Lady reicht mir auch nicht mehr.
Dabei zog er etwas unter der Sitzbank
hervor, was einer aufblasbaren Puppe
ähnelte, seiner Lady.
Sie war völlig abgenutzt.
Tick -Tack eröffnete ihr darauf hin,
dass er Else auch heiraten würde,
dann kann sie seine ganzen
Kuckucksuhren bekommen, wenn er
nicht mehr ist.'

Else dachte noch:
‚Nie im Leben'.
Dann waren sie im Bett gelandet und er
suchte nach einer Befriedigung
seinerseits.
Sie hatten Sex. Nach und nach kamen
ihre Erinnerungen wieder.
Sie weiß noch, wie er seinen Höhepunkt
hatte:
Quink, Quink.
Er hörte sich an, wie ein Schwein, das
quiekt.
Thomas schlief noch. Sie suchte ihre
Sachen zusammen, schrieb noch schnell
einen Zettel mit dem Text:

`Es tut mir leid, aber ich denke, dass mit uns passt nicht.
Ich habe die Eier und das Gemüse mitgenommen, Geld lege ich bei.´

Werner erwachte mit den Gedanken:
„Heute ist ein guter Tag, um Verrückte Dinge zu tun."
Oma Thiel erwachte mit den Gedanken:
‚Heute ist der erste Landausflug an einem der schönsten Strände. Genau der richtige Ort, einer großartigen Frau einen Heiratsantrag zu machen.'

Als sie von Bord gingen und gerade in ein Taxi steigen wollten, rief eine grelle Stille: „Juhu, hallo, wartet, wir wollen auch mit!"
Oma Thiel war stinksauer. Hat man denn gar keine Ruhe mehr vor dieser impertinenten Person.
Werner allerdings:
„Ach komm Elfriede, ist doch nicht so schlimm.

Beim nächsten Ausflug habe ich auch
eine großartige Überraschung für dich."
Elfriede wurde milde gestimmt. Sie
freute sich. Das konnte nur ein
Heiratsantrag werden.
„Na gut," lenkte sie ein.
Der ganze Ausflug war ein Desaster.
Ingeborg und Klaus- Dieter stritten
unentwegt.
Es war zum Mäusemelken.
Warum wehrte sich der Mann nicht? Ein
echter Waschlappen.
Die beiden nervten rund um die Uhr.
Immer wieder machte sie sich an den
vermeidlichen Professor ran. Elfriede
kochte innerlich. Nach dem Landausflug
ging jeder seine eigenen Wege. ‚Endlich
wieder allein,' dachte Oma Thiel.

In der kommenden Nacht hatten
Elfriede und Werner ihren ersten Sex.
Er war supervorsichtig und sehr
liebevoll.
Es war richtig angenehm. Die Bedenken,
die Elfriede hatte, waren unbegründet.
Danach schliefen sie verliebt ein.

Plötzlich gab es in der Stille der Nacht einen lauten Knall. Es hörte sich wie ein Schuss an.

*

*O*ma Thiel dreht durch

Else war auf dem Heimweg und sie hatte kein gutes Gefühl. Als sie in das Haus kam, schlief Heinz. Den Kopf auf die Arme gestützt, im Sitzen am Küchentisch.
Else bekam ein fürchterlich schlechtes Gewissen.
Vor Heinz stand eine fast leere Flasche Rum. Sie versuchte ihn zu wecken.
„Heinz, wach auf, komm, geh ins Bett, ich helfe dir."
Heinz öffnete die Augen nur halb und lallte:

„Was willst du von mir, geh weg. Geh zu deiner Kuckucksuhr. Lass mich, fass mich nicht an. Ich kann allein gehen." Umständlich stand er auf und schmiss dabei sein Glas auf den Boden. „Ich muss auch mal loslassen können," lallte er weiter.

„Ja schon, aber doch nicht das Glas." Dann torkelte er ins Wohnzimmer, und fiel der Länge nach, mit dem Gesicht nach unten, auf die Couch und schlief sofort ein. Man hörte ihn umständlich schnarchen.

Else zog ihm seine Schuhe und auch die Hose aus. Dann nahm sie eine Wolldecke und deckte ihn damit zu.

Sie stellte seine Schuhe in den Flur und legte seine Jeans zusammen. Dabei fiel ein Kärtchen aus seiner Hosentasche. Sie hob es auf. Sie konnte nicht widerstehen, einen kurzen Blick darauf zu werfen.

Sie erschrak, als sie sah, dass die Karte von Harald war. Die Blumen, die angeblich von Heinz waren, waren von Harald. Else war enttäuscht.

Sie schmiss die Karte auf den Tisch und stellte die die Blumen daneben.

191

Dann schrieb sie auf einem Stück Papier:
,Betrüger!!!'
Mit drei Ausrufezeichen.
Sie marschierte ins Bad, um die letzte
Nacht abzuduschen.

∗

„Was war das für ein Knall, hast du den
auch gehört, Werner?" Aber ihr
Traummann stöhnte nur:
„Das sind andere Geräusche als zu
Hause, Elfriede. Komm, schlaf weiter, da
ist nichts."
„Hörte sich wie ein Schuss an."
„Nun schlaf doch endlich." Werner
schlief schon wieder. Oma Thiel stand
aber auf, um wenigstens einmal auf
dem Flur zu schauen. Sie schaute links,
nichts zu sehen. Sie schaute rechts und
konnte gerade noch sehen, wie jemand
um die Ecke huschte.
Elfriede wurde jetzt richtig wach. Sie
rannte der Erscheinung bis zur nächsten
Ecke hinterher, wo er verschwunden
war. Nichts mehr zu sehen. Alles still.

Müde ging sie zurück. „Mist, Mist, Mist,"
fluchte sie leise. Die Tür zur Kabine war
verschlossen. Sie stand im Nachthemd
davor. Zaghaft klopfte sie an die Tür.
Nichts. Sie klopfte lauter. Nichts. ,So ein
Mist', dachte sie. Nun musste sie zur
Rezeption, um sich eine zweite
Schlüsselkarte zu besorgen, im
Nachthemd!

An der Rezeption sah man sie entsetzt
an.

Elfriede mochte nicht sagen, was
passiert ist und deshalb meinte sie: „Es
tut mir leid, manchmal schlafwandle ich,
dadurch habe ich mich ausgesperrt."

Das leuchtete der Dame ein. Sie gab ihr
eine zweite Karte und einen
Bademantel, damit sie nicht wie ein
Nachtgespenst durchs Schiff laufen
musste.

Auf dem Rückweg wollte sie sich noch
eine Flasche Wasser aus der Bar
mitnehmen, aber sie sah Klaus-Dieter
dort sitzen. Deshalb dachte sie. *,Dann
muss eben die Minibar herhalten. Auf
den Mann hatte sie keine Lust.'*

Als sie wieder in der Kabine war, schlief
ihr Werner immer noch.

Er war eingerollt, wie ein Baby. Sie nahm ein Schuck Wasser, dann zog sie den Bademantel aus und kuschelte sich in Löffelstellung an ihn. Elfriede schlief auch dann endlich ein.

*

Als Heinz wach wurde, hatte er einen dicken Kater. Er hielt sich den Kopf fest, weil er das Gefühl hatte, er würde sonst runterfallen.

Ich brauche dringend Kopfschmerztabletten,' dachte er bei sich.

Warum liegt denn da die Karte des Blumenstraußes? Daneben ein Zettel, auf dem Betrüger steht.

Ach du Scheiße, Else hat die Karte gefunden, ich hätte sie gleich entsorgen sollen.'

Er schoss nach oben, stand kurz, aber setzte sich gleich wieder. Ihm war schwindelig.

Er rief: „Else, Else!"

Nichts, alles still im Haus.

194

Wo ist sie denn nur? Heinz erhob sich langsam, zum zweiten Mal. Dann zog er seine Hose über und schlich ganz vorsichtig in die Küche. Alles aufgeräumt, aber von Else keine Spur.
Er ging ins Bad, um aus dem Apothekerschrank zwei Aspirin zu holen. Dann schlurfte er zurück.
Als er sich Wasser, aus dem Wasserhahn, ins Glas füllte, sah er Else durch das Küchenfenster.
Sie war im Garten und säuberte auf Knien den Gehweg.
,Das in ihrem Alter,' dachte Heinz.
Beschämend ging er raus, nachdem er seine Hauschuhe angezogen hatte. Er räusperte sich und sagte ganz kleinlaut:
„Kann ich eine Friedenstaube schicken?"
Else sah nicht mal auf. Sie säuberte den Gehweg weiter und stellte ihren Ignorier Vorgang an.
Heinz jetzt etwas lauter:
„Es tut mir leid, Else, wirklich.
Ich weiß auch nicht, warum ich das gemacht habe. Erst dieser Thomas, dann Harald. Im Portal bist du auch angemeldet, warum?"
Erst jetzt schaute sich auf.

195

„Ganz einfach Heinz, weil ich auf meine alten Tage nicht allein bleiben will.
Ich möchte einen liebevollen Partner, der auch mal für mich da ist. Schöne Gespräche führen. Mit mir etwas unternimmt und mich einfach nur liebhat, darum lieber Heinz.
Darf ich jetzt weiterarbeiten?"
Statt jetzt zu sagen, was er für Else fühlt, sagte er nur:
„Darf ich dich als Entschädigung zum Essen einladen? Da hat ein neuer Mexikaner aufgemacht. Wir fahren auch mit dem Auto. Bitte!"
Er faltete seine Hände zum Gebet.
„Dann geh erst mal duschen und mach dich frisch!"
„Danke!", rief er glücklich und lief schnell ins Haus, bevor es sich Else anders überlegte. Im Grunde genommen war Else froh, dass er sie nicht gefragt hat, wo sie letzte Nacht war.
Sie mochte nicht mehr daran denken. Was hatte sie sich nur dabei gedacht. Sex zu haben, bei so vielen Vögeln im Haus, die alle Augenblicke aus ihrem Häuschen kamen und: ‚Kuckuck' riefen.

Sie hatte sich gar nicht auf das Eigentliche konzentrieren können, weil sie sich wie in einer Zeitbombe fühlte. Tick-Tack, Tick- Tack. Fürchterlich, ganz fürchterlich. Der schlechteste Sex aller Zeiten.

Auch sie ging ins Haus, stellte den Eimer mit dem Unkraut an die Seite und wusch sich die Hände. Dann zog sie sich nett an. Nicht zu schick, denn sie war ja noch ein bisschen sauer auf Heinz.

Als beiden im Auto saßen meinte Else: „Ich häkele dir mal einen schöneren Bezug für deine Klo Rolle auf der Ablage. Diese hier sieht schon so vergilbt aus."

Heinz strahle: „Danke:"

Am Lokal angekommen suchten sie einen Parkplatz. Eine Straße weiter wurden sie fündig. Kurz vor dem Lokal meinte Else:

„Bist du sicher, dass du hier was essen willst, habe gerade eine Kakerlake gesehen."

Im Innenraum sah es ein bisschen verrucht aus. Nicht so, als wäre alles freundlich und schön.

Es gab nur Sofas, auf denen man sich rumlümmeln konnte.

Auf den Tischen standen Wasserpfeifen.
Es saßen immer mehrere Personen um
den Tisch, die an den Schläuchen sogen.
Ein Mann im Schlabberlook kam uns
entgegen. Heinz polterte sofort los:
„Gibt es hier nichts zu essen?"
In gebrochenem Deutsch antwortete
der Herr:
„Sie müssen zwei Haus weitergehen, da
essen, hier nix essen, nur rauchen."
Heinz überlegte und meinte:
„Haben sie auch Zigarren?"
„Nein, nix Zigarre, nur Wasser."
Else nahm Heinz am Ärmel, „komm
schon," ermahnte sie ihn.
„Hast du das gehört, die rauchen
Wasser, so ein Blödsinn habe ich noch
nie gehört." Zwei Häuser weiter sahen
sie dann das richtige Lokal.
Sie wurden nett begrüßt
und sogleich an einen schönen Tisch
gebracht. Sie aßen gemeinsam und
hatten sichtlich Spaß. Dann kam ein
Rosenverkäufer, der rote Rosen
verkaufte.
„Eine Rose für die Dame?", fragte er
Heinz charmant.

Else dachte in dem Moment an ihren Chatnamen: ‚*Rose.*‘

Sie nickte und lächelte dabei, da sie glaubte, gleich eine Rose von Heinz zu bekommen.

Aber Heinz entgegnete: „Nee, wir kaufen nichts an Tischen, das ist vielleicht Hehlerware."

Dann drehte er sich wieder zu Else, bemerkte das enttäuschte Gesicht nicht und meinte: „Wo waren wir stehen geblieben, ja genau, beim Motorblock."

Else verdrehte genervt die Augen und nuckelte weiter an ihrem Glas Wein.

Oma Thiel und Werner machten sich fertig. Sie wollten zum Frühstück gehen.

Elfriede verschwieg lieber ihre nächtliche Wanderung.

Kurz bevor sie den Speisesaal betraten, hörte sie, wie jemand ihren Namen rief: „Elfriede, Elfriede!"

Oma Thiel drehte sich zur Seite.

Vor ihr stand, in zwei Meter Entfernung, na ja, wenn man ihre Brüste abzieht, nur noch einen Meter, ein blondes Wunder. Ein bisschen in die Jahre gekommen.

‚Wer war das?‘, dachte Elfriede.

„Kennst du mich nicht mehr? Ich bin es doch, die Erna. Wir haben uns doch bei einer Kur, wo wir abnehmen wollten, kennengelernt.“

„Ach ja, jetzt erinnere ich mich. Wie lange ist es her, zwei oder drei Kleidergrößen?“, gab Elfriede zurück. Sie fühlte sich von so viel Busen bedroht. Dann diese Fülle in ein Kleid gezwängt. ‚Die muss immer einen Wagenheber dabeihaben, damit sie ihren Busen in dieses Kleid zwängt,‘ dachte Elfriede.

„Schön, dich hier zu sehen, was machst du hier?“, fragte sie nach. Dabei spuckte sie Speichel in die Richtung von Elfriede.

‚Iiiiiihhhhh, dachte Oma Thiel. Was soll sie auf einem Schiff machen, eine Busreise?‘

„Wir machen eine Schiffsreise, aber wir müssen dann auch wieder.

Mein Mann hat Hunger," log sie und zog
Werner einfach mit.

„Wer war das denn?", fragte Werner.
„Nicht so wichtig, möchtest du auch
einen Orangensaft?", fragte sie
stattdessen.

Beim Frühstück sah Oma Thiel von
Weitem diese Inge an einem Tisch
sitzen.

Ihr gegenüber saß ein Mann, der
genauso füllig war, wie diese Erna.

Oma Thiel dachte, ‚was macht sie da?
Wieso macht sie Oberarmtraining am
Frühstückstisch?

Nein, sie fächert sich Wind zu. Sie hatte
wohl Hitzewallungen.'

Elfriede wurde aus ihrer Beobachtung
gerissen.

Der Kapitän kam mit Klaus-Dieter- von
Laarsen herein und zeigte auf unseren
Tisch. Werner köpfte gerade sein Ei,
nahm den Salzstreuer und streute etwas
Salz auf sein Fünf Minuten Ei.

Die Herren kamen auf den Tisch von
Elfriede und Werner zu, an dem sie
frühstückten.

Der Kapitän entschuldigte sich höflich und meinte: „Sind sie Prof. Dr. Werner Thiel?"

Werner schaute auf Klaus-Dieter. Er konnte jetzt schlecht zugeben, dass sie sich mit den Herrschaften einen Spaß erlaubt haben. Deshalb antwortete er: „Ja, der bin ich."

„Ich darf Sie bitten mitzukommen!"

„Warum, wenn ich fragen darf?"

„Das werde ich ihnen gleich erläutern."

Werner stand auf.

Der ganze Speisesaal schaute zu uns. Oma Thiel stand auch auf. „Sie nicht, meine Dame, nur ihr Mann!"

Verdutzt blieb Elfriede sitzen und schaute den Dreien beim Verlassen des Speisesaals nach. Gedankenverloren trank sie ihren Kaffee.

Der Umbau im Altenheim verlief gut. Ein paar Sachen liefen nicht so, wie es sein sollte, aber Ole setzte sich als Architekt durch, damit alles erledigt wird, was auf der Liste stand.

Werner hatte ihn noch eine übergeben
mit den Worten: ,*Du machst das schon.*‘
In der obersten Etage werden kleine
Suiten eingerichtet.
In der ersten Etage sind etwas größere
Zimmer vorgesehen, in denen der
Schlafbereich nicht sofort zu erkennen
ist.
Im Erdgeschoss befinden sich dann die
Zimmer, so wie Elfriede es von damals in
Erinnerung hatte. Klein, aber bezahlbar.
Aber auch vier Wohnungen sollten hier
noch zu finden sein, mit einem kleinen
Garten.
Ole war zufrieden.
Er machte sich nur Gedanken über
seinen Onkel Thomas. Er weiß, dass Else
letzte Woche über Nacht geblieben war,
aber er erzählt einfach nichts. Er ist
seitdem in sich gekehrt.

Oma Thiel überlegte, ob ihr Werner
eingeladen wurde, auf die Brücke zu
kommen.

Einen Professor und Doktor, wie er sich ausgegeben hatte, gibt es ja nicht allzu oft auf dem Schiff. Nach dem Frühstück suchte sie deshalb die Brücke auf. Beim Kapitän angekommen, fragte sie ohne Umschweife:

„Guten Morgen, Herr Kapitän, oder wie sagt man das?"

„Kapitän ist schon richtig, was kann ich für sie tun Frau……?"

„Frau Elfriede Thiel.", gab sie zur Antwort.

„Ah, es geht um ihren Mann, richtig?"

„Er ist noch nicht mein Mann, er wollte mir auf dieser Reise einen Heiratsantrag machen."

„Wie heißt ihr Mann, Entschuldigung, Lebenspartner denn richtig?" Elfriede nickte, bevor sie weitersprach.

„Werner Spinner. Er ist weder Professor noch Doktor, einfach nur Werner Spinner."

„Ach, wie interessant. Warum gibt er denn einen falschen Namen an? Um jemanden umzubringen?"

„Wie bitte!", schrie Oma Thiel. Wieso sollte mein Werner jemanden umbringen?"

204

Elfriede rang nach Luft, ihr Herz pochte wie wild.

„Was ist denn geschehen?"

Elfriede war außer sich.

„Herr Klaus- Dieter von Laarsen behauptet, dass ihr Mann oder Lebenspartner, letzte Nacht seine Frau Ingeborg von Laarsen umgebracht hat."

Oma Thiel bekam Atemnot.

„Was, schrie sie zurück! Ingeborg ist tot?

Seit wann?"

„Frau von Laarsen wurde letzte Nacht erschossen.

Tatzeit: 00:15 Uhr. Wo waren sie zu diesem Zeitpunkt?"

Elfriede hatte ein Rauschen im Kopf. „Na im Bett, mit meinen Werner!", schrie sie den Kapitän förmlich an.

„Das kann schon mal nicht stimmen, weil sie um 00:25 Uhr an der Rezeption standen. Im Nachthemd, angeblich wegen Schlafwandel.

Sie gehen exakt sieben Minuten zur Rezeption. Für diese Zeit hat ihr Lebenspartner kein Alibi.

Herr Spinner sagte aus, dass er die ganze Nacht neben ihnen geschlafen

hat, was ja offensichtlich nicht stimmt.
Herr von Laarsen meinte, dass ihr
zukünftiger Mann gesagt hätte, ich
zitiere: „Wenn die mich noch weiter
nervt, bringe ich sie um, Zitat Ende."
Jetzt drehte Oma Thiel komplett durch!

Else und Heinz hatten noch Spaß, auch
wenn Else ihre Rose nicht bekommen
hatte.
Sie lachten viel. Es wurde noch Wein für
Else und Bier für Heinz bestellt.
Irgendwann kam das Thema Gewicht
zur Sprache, als Heinz doch tatsächlich
sagte:
„Else, wir sind ja beide ein bisschen
üppig. Wollen wir uns nicht beide bei
Weight Watchers anmelden, um Punkte
zu sammeln?"
Freudestrahlend sah er ihr in die Augen.
Er wollte etwas mit Else gemeinsam
machen.
Dadurch würde sie immer kochen und
Heinz manchmal zuschauen.

Else jedoch sagte: „Nee, ich nicht. Ich sammle schon die Punkte bei Rewe, Edeka und Penny. Ich verliere sonst den Überblick."

„Ähm, ich meinte eigentlich die Kalorienpunkte, aber egal. Unser Luxus ist das Essen. Ach, apropos Essen, was gibt es morgen?"

Heinz ist und bleibt ein Rüpel, aber ein liebenswerter. Else mochte ihn auf seine Weise.

Deshalb sagte sie: „Schweinshaxe mit Sauerkraut!" Seine Augen leuchteten.

Oma Thiel hyperventilierte auf der Brücke, so aufgebracht war sie.

Sie versuchte dem Kapitän zu erklären, warum er sich als Professor und Doktor ausgab. Es half nichts. Im nächsten Hafen sollte Werner der Polizei übergeben werden. Das wäre in zwei Tagen.

Oma Thiel suchte Klaus- Dieter auf, der gut gelaunt an der Bar saß und einen Cocktail trank.

„Na, uns geht es ja gut. Ihre Frau wurde
umgebracht und Sie trinken Cocktails!"
Elfriede bekam kaum Luft.
Sie gab Klaus- Dieter eine schallende
Ohrfeige.
„Du unverschämter Kerl, du!"
Die zweite Ohrfeige wurde aufgehalten.
Die Hand wurde festgehalten.
„Halt, nun warte doch Elfriede. Was ist
denn los? Ein bisschen haben wir ja
mitbekommen," sagte Erna, ihre
Busenfreundin vom Frühstück. Da kein
anderer da war, erzählte Oma Thiel ihr
die ganze Geschichte.
Als sie fertig war, sagte Erna.
„Neulich sind wir nicht dazu gekommen,
aber das ist mein Mann, Wilfred.
Er ist Anwalt, nur so nebenbei."
Elfriede entglitten sämtliche
Gesichtszüge und sie schämte sich, so
über die beiden gedacht zu haben.
Wilfred stellte sich kurz vor. Dann
bemerkte er, „ich kann ihren
zukünftigen Mann sofort gegen Kaution
rausholen. Er kann schließlich nicht von
Bord. Wenn sonst nichts gegen ihn
vorliegt, wäre er in einer halben Stunde
frei."

Elfriede hätte diesen voluminösen Mann
nur drücken können.
Es wurde eine Kaution gestellt und
Werner war dreißig Minuten später frei.
Alle vier tranken Champagner in der
Kabine von Elfriede und Werner.
Erst jetzt erzählte Werner, warum er
den anderen einen falschen Namen
nannte und Oma Thiel erzählte von ihrer
ominösen Nacht mit diesem Schuss.

*E*lse und Heinz

Die Zwei sind nach dem Essen, schon
leicht angetrunken, zwei Häuser
weitergezogen, weil Heinz unbedingt
Wasser rauchen wollte.
In Wirklichkeit hoffte er eine Zigarre zu
ergattern.

Als sie dort ankamen, war der Mann von vorhin erstaunt und meinte: „Hier nix Zigarre, hier Wasser rauchen!"

„Ja, das wissen wir, aber bei euch sieht das so gemütlich aus, dass wir auch Wasser rauchen wollen. Wir zahlen auch gut." Großzügig und mit bester Laune überreichte Heinz dem Mann zwei Hunderter. Sofort sagte er: „Herzlich willkommen!"

„Siehst du, Else, wir sind willkommen, hä, hä."

Die Beiden wurden angelächelt, was besagte: ‚Willkommen in unserer Welt.'

Aber das war Heinz schnuppe. Er musste dringend eine rauchen. Wenn es keine Zigarre ist, dann eben Wasser.

„Möchten sie noch etwas anderes zu sich nehmen?", fragte der Mexikaner weiter.

Heinz dachte nur: ‚Ich nehme alles, Hauptsache Nikotin.'

Else bekam ein Getränk, das aussah wie Spülmittel, schmeckte aber ganz gut. Heinz bekam einen Joint, das wusste er aber nicht. Else sog den Wasserdampf in sich auf und meinte nach einer Zeit, dass das lustig macht.

Heinz fühlte sich, wie auf einem Trip in den siebziger Jahren. Er rief: „Freiheit!" Alle anderen zeigten ihre zwei Finger zu einem Peace Zeichen nach oben. Irgendwann waren beide high und wussten nicht mehr, wie sie nach Hause gekommen sind. Wie sie im Bett gelandet sind, oder warum sie eine ‚Löffelliste' gemacht hatten. Bei jedem Punkt der Liste war noch ein Lachen der Beiden zu hören.

Sie hatten sogar Sex. Beiden ging es richtig gut und waren zu diesem Zeitpunkt glücklich; und dass nur wegen des Wassers……

Werner war völlig fertig. Das ihm so etwas passieren würde, geht gar nicht. Er hat doch nichts gemacht, schon gar nicht jemanden umgebracht. ‚Wie geht es nun weiter?', dachte Werner.

Klaus - Dieter meinte: „Wir haben zwei Tage Zeit, um das Verbrechen aufzuklären,

211

dann kann ich nichts mehr für Werner
tun. Die Gesetze sind hier anders."
Oma Thiel kam sich vor, wie Miss
Marple. Erna stand ihr bei, wenn auch in
einem Meter Entfernung, weil ihr Busen
im Weg war. Eine Strategie wurde
ausgearbeitet.
Sie beschlossen, dass Elfriede sich an
Klaus- Dieter ranschmiss, um
Einzelheiten rauszubekommen.
Werner hielt sich zurück und Wilfred
versuchte etwas vom Kapitän und an
der Rezeption zu erfahren. Erna
schnüffelte ein bisschen herum und
stellte anderen Leuten Fragen. Vielleicht
hat einer etwas gesehen. Ran an die
Arbeit. Zwei Tage sind schnell rum.

Ich bekam einen Anruf über Whats App.
Oma Thiel war dran.
„Hallo Conny, wenn du wüsstest, was
hier los, das geht gar nicht. Hochzeit
ade, geschweige denn einen Antrag.
Werner ist festgenommen worden,
wegen Mordes!"

„Wie bitte?", ich verstand kein Wort.
„Bleib mal ruhig und erzähle langsam,
das kann ja keiner verstehen."
Oma Thiel erzählte alles im
Schleudergang. Sie hatte Angst, dass die
Verbindung abbricht. Ich war geschockt.
„Nun," sagte ich, „ich denke, dass dein
Antrag zweitranging, geworden ist. Seht
nur zu, dass ihr heil aus der Sache
rauskommt.
Wichtig ist, dass es euch gut geht.
Setzt euch am besten in den nächsten
Flieger und kommt nach Hause, bitte,"
sagte ich zu Oma Thiel.
Ich machte mir Sorgen. Deshalb rief ich
Else an, um ihr von der Unterhaltung
mit Elfriede zu erzählen. Keiner ging ans
Telefon. Bei Heinz ging auch keiner
dran, komisch.
*‚Ich hoffe, da ist nichts passiert, dachte
ich für mich.'*

Else wurde durch das Klingeln des
Telefons geweckt. Sie kam langsam
hoch. Sie hatte einen mächtigen Kater.

Sie wollte etwas Wasser trinken und griff zum Glas auf ihrem Nachtisch. Als sie das Wasser trank, kamen ihr ihre Zähne entgegen. Sie spuckte alles im hohen Bogen wieder aus.

„Was ist denn los, mein Schatz?" Woher kam diese Stimme? Sie drehte sich um und bekam fast einen Herzinfarkt.

Wieso liegt Heinz in meinem Bett? Hektisch drehte sie sich wieder um und schob schnell ihre Zähne in den Mund. Anschließend ging sie ins Bad. Sie musste sich übergeben.

Als sie wieder rauskam, stand Heinz völlig nackt vor der Tür. Er lehnte lässig am Türrahmen und kratzte sich am Kopf.

„Alles klar bei dir?", fragte er besorgt nach.

„Wieso bist du nackt?" Etwas anderes fiel Else nicht ein. Sie musste erst einmal ihre Gedanken sortieren. „Weil ich duschen will, kam zur Antwort. Ich dusche immer nackt, du nicht?"

Else ging kopfschüttelnd an ihm vorbei.

Sie musste dringend einen Kaffee
trinken und überlegen, was passiert ist.
Sie kann sich an gar nichts erinnern.

*

Oma Thiel klopfte an die Tür von
Klaus – Dieter, aber er war nicht da. Sie
nahm eine Haarnadel und wollte die Tür
aufbrechen, um ein bisschen zu
schnüffeln. Pustekuchen, die Tür war
mit einer Karte zu öffnen und zu
schließen. Ja klar, mit einer Karte, hatte
sie nur vergessen. Elfriede ging an die
Bar. Siehe da, sie sah Klaus- Dieter an
der Bar sitzen. Sie schluckte ihren Frust
herunter und steuerte auf den
Nebenplatz zu. Oma Thiel stellte sich
daneben und tat so, als wenn sie ihn
nicht gesehen hätte.
Sie bestellte sich ohne Umschweife
beim Barkeeper: „Einen doppelten
Ramazzotti bitte." Als der Kellner das
Glas abstellte, nahm sie es und
schüttete den Schnaps in einem Zug

herunter, knallte das Glas auf den Tresen und befahl: „Noch einen!"

„Hola, da ist aber jemand geladen. Hallo Elfriede, was ist denn los?"

Sie tat völlig überrascht.

„Huch, ich hatte dich gar nicht gesehen Klaus- Dieter. Ach, ich bin stinkesauer auf Werner, der hat mich nur angelogen. Ich dachte wirklich, dass er Professor und Doktor ist, dieser Heuchler." Elfriede spielte ihre Rolle gut.

„Ich kann mir auch sehr gut vorstellen, dass er deine Frau, na du weißt schon."

„Echt?" Klaus -Dieter war entzückt, endlich glaubte man ihm.

Daraufhin tranken beide noch einen Champagner. Als Elfriede aufstehen wollte kippte sie nach vorne, direkt in die Arme von Klaus- Dieter.

Sie hing förmlich an ihm.

„Hoppla, doch ein bisschen viel getrunken?" Elfriede lallte und nuschelte: „Das geht schon, mein lieber Klaus - Dieter."

Während er sie stützte, griff sie in seine Jackentasche und hatte die Zimmerkarte in der Hand.

„Nix für ungut, du bist ein Guter!", lallte sie weiter.

Dabei tätschelte sie mit der einen Hand die Wange und mit der anderen Hand ließ sie die Karte in ihre Tasche gleiten. Dann torkelte sie aus der Bar und bekam noch mit, dass sich Klaus- Dieter noch einen Cocktail bestellte. Sehr gut, dachte sie. Sie rannte die Gänge herunter.

Sie wusste ja, dass sie nicht viel Zeit hatte. Der Ramazzotti stieg ihr schnell zu Kopf. Sie schaute nach links und rechts, alles ruhig.

Dann schloss sie das Zimmer auf, in dem Frau von Laarsen erschossen wurde. Sie verschwand darin.

Else dachte immer noch darüber nach, was passiert war, als erneut das Telefon klingelte.

„Schmidt, bei Thiel."

„Hallo Else, endlich, hier ist Conny. Oma Thiel hat mich angerufen. Stell dir mal vor, Werner wird des Mordes verdächtigt."

„Was?", schrie Else in den Hörer und war augenblicklich hellwach.

Heinz kam die Treppen runter gerannt.

„Was ist los?" Else winkte ab. Sie hielt den Kopf zu Seite und flüsterte Heinz zu: „Erzähle ich dir gleich alles."

Ich erzählte Else, was ich wusste. Auch wegen des Antrages, der ja jetzt ins Wasser fiel.

Bei Wasser musste sie gleich wieder an die Wasserpfeifen denken und auch an das Wasserglas von heute Morgen.

Schon würgte sie wieder.

„Was machen wir denn jetzt?", fragte mich Else.

„Abwarten, was passiert. Sie haben da wohl auch einen Anwalt, der Werner gegen Kaution wieder frei bekommen hat. Aber nur für zwei Tage."

„Halte mich auf dem Laufenden, Conny."

„Ja versprochen, und informiere auch Heinz."

Heinz stand mit einer Socke, keiner Hose, aber einem Schlabberpulli bekleidet, vor Else. Sie legte auf.

„Den Pulli habe ich doch erst gestern in die Wäsche getan, wieso trägst du ihn schon wieder? Da sind Eiflecken drauf. Und Kaffeeflecken auch. Außerdem riecht der schon nach einer Weltreise, ohne gewaschen worden zu sein."
Heinz zog beleidigt den Pulli wieder aus.
„Ich habe nicht so viel zum Anziehen. Aber erzähl doch mal, was ist passiert?"
„Zieh dich an und komm runter, Kaffee ist fertig. Ich mache Frühstück, dann erzähle ich dir alles und dann gehen wir zwei shoppen. Du musst etwas anständiges zum Anziehen haben. Na los, beeil dich!"
Schon eilte Heinz die Treppen wieder hoch und freute sich.

Gut oder Schlecht

Oma Thiel stand in der Kabine von Klaus- Dieter und suchte. Sie wusste nur nicht wonach. Irgendeinen Hinweis muss es doch geben. Ihre Schläfen pochten, der Ramazzotti ließ sie schwitzen. Sie zog ihren Pullover an den Ärmeln über die Handflächen, um keine Fingerabdrücke zu hinterlassen. Dann klopfe es an der Tür.
Elfriede blieb wie angewurzelt stehen.
Es klopfte nochmal.
Oma Thiel hielt die Luft an.
„Hallo Herr von Laarsen, sind Sie da? Wir würden gerne noch einmal mit ihnen sprechen!"
,*Das war der Kapitän,*' dachte Elfriede. *Wenn der mich hier findet, ist alles aus.*
Sie hörte eine Frauenstimme: „Herr Kapitän, wir haben Herrn von Laarsen gefunden, er ist an der Bar."
„Okay, ich komme!"
Dann war es wieder still.

So langsam entspannte sich Elfriede
wieder und atmete auch ruhiger.
*‚Ich muss hier raus, sonst mache ich es
noch schlimmer,‘ dachte sie.*
Sie wollte die Tür gerade leise öffnen,
um zu sehen, ob die Luft rein ist, da sah
sie hinter einem Vorhang ein
zusammengerolltes Gästehandtuch
……voll mit Blut……
Sie nahm ein anderes Handtuch und
hüllte das Gästehandtuch darin ein.
‚Jetzt aber raus.‘

Else erzählte Heinz die ganze
Geschichte. Er war geschockt.
„Werner würde nicht einmal eine
Spinne töten, warum soll er einen Mord
begehen?“
Sie unterhielten sich noch eine Weile.
Beide vermieden es, den gestrigen
Abend, geschweige denn die Nacht
anzusprechen. Nach dem Frühstück
fuhren sie in die Stadt, zum Shoppen.

221

Da es im Auto sehr still war, fragte Else Heinz: „Hast du Hobbys oder machst du Sport, vielleicht mit einem Ball oder so?"

„Ja klar mache ich auch eine Ballsportart, Else. Ich glaube jeder Mann liebt eine Ballsportart!"

„Ach und was machst du für einen Sport?" Sie dachte an Fußball, Boccia, Golfen, oder irgendetwas, was normal wäre. Heinz sagte voller Überzeugung: „Murmeln." „Wie bitte?"

„Murmeln, das sind so kleine Glaskugeln in verschiedenen Größen und man muss versuchen, die Murmeln in ein Loch zu schubsen."

„Heinz, Murmeln ist keine Ballsportart, das ist eine Beschäftigung, ohne zu denken."

Heinz zuckte mit den Schultern und meinte:

„Etwas anderes mache ich nicht mit Bällen."

Else verdrehte nur die Augen. Sie fuhren in die Tiefgarage eines Parkhauses. Wie praktisch. Dann brauchen sie nicht so weit zu laufen, da in der Passage die Geschäfte mehr zu bieten hatten.

Sie fanden Flanellhemden, Pullover, Socken, eine Jeans, Unterwäsche. Alles, was das Herz begehrt.

Heinz sagte: „Danke, dass du dir die Zeit nimmst, das alles mit mir einzukaufen. Allein habe ich keine Lust dazu. Jetzt möchte ich dir aber noch etwas kaufen, als Dank."

„Das ist ja lieb," entgegnete Else und meinte auch gleich, sie hätte eine Handtasche gesehen, die sie schön fände.

„Na klar bekommst du die," meinte Heinz gönnerhaft.

Als er allerdings den Preis von 169,90 Euro sah, blieb ihm die Spucke weg.

„Für eine Tasche so viel Geld auszugeben, hm?

Was ist denn mit dem Beutel da. Da kannst du auch alles verstauen, Else."

„Das ist eine Einkaufstasche, um Lebensmittel zu kaufen, keine Handtasche. Da kann ich gleich mit einem Einkaufsnetz durch die Straßen gehen. Außerdem gibt es die Taschen bei Aldi an der Kasse, für 1,20 Euro. Dafür brauche ich hier nicht 9,99 Euro ausgeben."

„Na, gut," lenkte Heinz ein, „dann kaufe ich dir die Tasche eben."

„Handtasche, nicht Tasche Heinz."

„Ja, ja, Handtasche, ist ja schon gut. Aber du musst den Leuten erzählen, wie teuer die war und dass ich sie dir gekauft habe!", warf er noch als Einwand hinterer.

„Ich kann die Rechnung ja als Brosche tragen," entgegnete Else. Dann verdrehte sie wieder die Augen und ging zur Kasse.

An der Kasse bestätigte Heinz der Kassiererin nochmal, dass diese Tasche 169,99 Euro kostet.

Die Kassiererin entgegnete Heinz:

„Ja Sie haben Glück, das Sie eine so günstige Handtasche bekommen haben. Die ist runtergesetzt. Die meisten Handtaschen kosten ab 300,- Euro aufwärts."

Heinz konnte das nicht verstehen.

Er argumentierte, dass man sich von dem Geld einen Werkzeugkasten, eine Bohrmasche und eine Werkbank kaufen könnte.

„Ja schon, aber wie würde das denn aussehen, wenn ihre Frau mit einem Werkzeugkasten zum Bummeln geht." Damit war das Thema abgeschlossen. Heinz freute sich, weil die Dame erkannt hatte, das Else seine Frau war und Else strich zart über ihre Handtasche, als wäre es ein Welpe auf ihrem Schoß. Dabei fuhren sie wieder heim.

Völlig abgehetzt kam Oma Thiel in ihrer Kabine an. Sie schüttelte die gebrauchte Wäsche aus einer Plastiktüte auf den Boden und steckte das Handtuch mit dem eingerollten, blutigen Gästehandtuch in die Tüte. Sie knotete den Beutel zu und versteckte ihn hinter ihrer Reizwäsche, die sie sich extra für Werner gekauft hatte, um ihn zu beeindrucken. Die schmutzige Wäsche schmiss sie in den Schrank, nach ganz unten. Dann stürmte sie wieder nach draußen, Richtung Rezeption und ließ, so unauffällig wie möglich,

die Zimmerkarte von Klaus- Dieter auf den Boden fallen. Dann ging sie weiter. Sie hörte noch, wie eine junge Frau, der Dame an der Rezeption sagte:
„Auf dem Boden liegt eine Zimmerkarte, die hat wohl jemand verloren."
Grinsend ging sie weiter und sah Werner auf dem Deck, Erna und Wilfred auf den Sonnenliegen. Auf einer Liege lag ein Handtuch. Die Reservierung für Elfriede.
„Da bist du ja endlich," sagte Werner.
„Wir haben dich schon überall gesucht. Wir haben nämlich Neuigkeiten!"
„Ich auch, aber erzählt ihr erst einmal."
Erna wollte sich gerade ins Zeug legen, als ihr Mann Wilfred sie unterbrach.
„Achtung, Feind in Sicht, nicht umdrehen."
Der Kapitän kam auf sie zu, grüßte freundlich und ging weiter.
Jetzt erzählte Wilfred, dass seine Frau ein Gespräch belauscht hätte. Der Kapitän unterhielt sich mit seinem Steuermann. Es ist wohl recherchiert worden, dass Frau von Laarsen Geld hatte und der Ehemann nun alles erbt, wenn irgendetwas mit seiner

Frau passieren sollte. Außerdem hat Klaus- Dieter eine Geliebte, die sehr auf das Geld aus ist. Sie soll 23 Jahre jünger sein als er. Diese Schiffsreise hatte er geplant und gebucht. Sozusagen als eine Versöhnungstour. Ich denke mal, dass er dahintersteckt."

Jetzt kam Oma Thiel zu Wort, auch sie erzählte ganz ausführlich, was sie alles gemacht hat, was sie gefunden hat und wo sie es versteckt hat.

Wilfred erzählte, dass man nicht einfach in fremde Kabinen einsteigen dürfe, aber in diesem Fall würde er eine Ausnahme machen. Es gibt eben gute und schlechte Einbrüche, dieser war gut.

*E*nde gut, alles gut. Nix ist gut.

Else und Heinz waren wieder zu Hause
und Heinz ging nach den Blumen
gucken.
Mit anderen Worten. Er rauchte
heimlich seine Zigarre.
Else bereitete die Schweinshaxe mit
dem Sauerkraut vor. Heinz sollte schon
mal die Kartoffeln schälen, aber Else sah
ihn mit einer Gießkanne im Garten
umherlaufen. Irgendetwas qualmte um
ihn herum. Das können aber auch die
Fenster sein, die müssten dringend
geputzt werden.
Den Fensterputzer kann Heinz gleich
mal anrufen.
Muss alles sauber sein, wenn Elfriede
wieder zu Hause ist. *‚Hoffentlich geht
alles gut,‘* dachte Else.
Sie wurde aus ihren Gedanken gerissen,
als es an der Tür läutete.
Vor der Tür stand Harald Schmitt mit
‚tt.‘ Er hielt einen wunderschönen
Blumenstrauß in den Händen.

Er sah sehr gepflegt aus und hatte einen Anzug mit einem schicken Hemd und einer Fliege an.

„Verehrteste, endschuldigen Sie, dass ich einfach so hereinplatze. Ich hatte nichts mehr von Ihnen gehört. Angerufen hatten Sie mich auch nicht. Ich hatte extra meine Telefonnummer auf der Karte hinterlassen."

,Ach ja richtig, die Karte bei den Blumen, die Heinz in seiner Hosentasche hatte, dachte Else.'

„Ja, ich muss mich entschuldigen, Ihre Karte ist abhandengekommen, tut mir leid. Im Moment ist hier die Hölle los. Meine Mitbewohnerin ist mit ihrem zukünftigen Mann auf der Aida und da passiert so Einiges."

„Doch nichts Schlimmes, Verehrteste?"

,Wenn Mord nichts schlimmes ist,' dachte Else.

„Nein, alles gut, aber dadurch bin ich ein wenig angespannt. Geben Sie mir doch nochmal ihre Nummer und ich melde mich, wenn es etwas ruhiger wird."

Sein Gesicht zeichnete Enttäuschung ab, als er merkte, dass Else keine Zeit hatte.

So musste er unverrichteter Dinge
wieder abziehen.

Else nahm die Vase, in der noch die
alten Blumen von Harald standen,
aber die Köpfe hingen ließen.

Sie schmiss sie in die Biotonne und
stellte die neuen Blumen ins frische
Wasser. Gerade, als sie fertig war, kam
Heinz in die Küche.

„Wann ist das Essen fertig?" „Du stinkst
nach irgendetwas."

Mist, Heinz war extra noch durch den
Garten gelaufen, um den Gestank der
Zigarre auslüften zu lassen. „Das ist die
Kompostecke, die stinkt so, muss ich
mich mal drum kümmern."

„Du kannst die Kartoffeln schälen, wenn
du magst," sagte sie freundlich.

„Ja, mache ich gleich, ich will nur noch
die Hände waschen und etwas frisches
anziehen."

Eine Stunde später.

„Heinz, Essen ist fertig!", rief Else in
seine Richtung. Der hatte die Zeit des
Kartoffelschälens lieber in seine Auto-
Motor- Sport Zeitung gesteckt.

Als sie am Tisch saßen, meinte Heinz:
„Das duftet aber gut, hm."

Else schaute ihn an und sagte verwundert: „Wolltest du dich nicht umziehen Heinz?"

„Oh, habe ich vergessen, dann guten Appetit."

„Ja, guten Appetit."

∗

Wilfred ließ sich einen Termin beim Kapitän geben, nachdem er das durchtränkte Handtuch in seine Obhut genommen hatte.

Morgen legten sie am Hafen an, dann würde Werner direkt von Bord aus im Gefängnis landen, obwohl er unschuldig ist.

Das Gespräch mit dem Kapitän verlief erstaunlich gut. Er nahm das Handtuch, um es untersuchen zu lassen. Die Kabine wurde daraufhin durchsucht.

Die Waffe war nicht auffindbar, aber die könnte er auch über Bord geworfen haben.

Auf dem Teppich war auch noch Blut zu sehen. Die Kabine wurde sofort

231

gesperrt, um weitere Untersuchungen nicht zu beeinträchtigen.

Werner konnte mit seiner Elfriede jetzt nichts mehr machen, nur abwarten.

Den Abend verbrachten sie mit Wilfred und Erna. Der nächste Morgen brach an. Werner hatte etwas für seinen Antrag vorbereitet. Aber er musste erst wissen, ob er nun ins Gefängnis muss oder nicht.

Der Hafen war schon zu sehen. Das Schiff gab einen langen Signalton ab. Alle standen auf Deck, an der Reling. Die Polizei wartete mit einem Wagen am Hafen.

Sämtliche Schaulustige versammelten sich.

Der Anker wurde ins Wasser gelassen. Die ersten Passagiere gingen von Bord. Die Polizei schlängelte sich an den Leuten vorbei.

„Captain", salutierten sie dem Kapitän. Eine junge Frau winke vom Hafen aufgeregt und rief:

„Klaus-Dieter, hier bin ich." Sie hatte einen Rollkoffer dabei.

Dann wurde sie von einem der Polizisten festgehalten, Handschellen klickten.

„Was soll das, machen sie mich los!",
schrie sie aufgebracht.
Auch an Bord klickten die Handschellen,
aber nicht für Werner, der war
unschuldig, aber für Klaus- Dieter.

Alle saßen am Strand an einem Tisch.
Oma Thiel, Werner, Erna und Wilfred.
Sie unterhielten sich, was Schlussendlich
dazu geführt hatte, dass
Klaus – Dieter überführt wurde. Das Blut
am Handtuch war von seiner Frau.
Er hatte sie eiskalt erschossen, während
sie schlief.
Er hatte das Blut vergessen, das aus der
Wunde kam.
Er benutze das Gästehandtuch, um das
Blut zu entfernen. Auch am Bettlaken
wurde in der Waschküche, im
Nachhinein, noch Blut gefunden.
Dann hatte er die Waffe über Bord
geschmissen. Eine ältere Frau, die nicht
schlafen konnte, sah das. Aber sie war
alt und hielt das Ganze zu dem

Zeitpunkt für nicht so wichtig. Später
hatte sie das aber doch erzählt.
Der Barkeeper sagte aus, dass Herr von
Laarsen für zwanzig Minuten die Bar
verließ, um auf die Toilette zu gehen.
Für diese Zeit hatte er kein Alibi.
Klaus-Dieter hatte nach der Tat ein Fax
mit den Worten:

Der Weg ist frei für unsere Liebe,
erwarte dich am Hafen.
Dann beenden wir gemeinsam die
Reise,

an seine Freundin geschickt.
Er hätte siebzig Millionen geerbt.
Werner pfiff durch seine Zähne, als er
den Betrag hörte.
Der Tag an Land wurde richtig schön.
Nur Elfriede dachte bei sich: ‚_Wann will_
Werner mir denn endlich den Antrag
machen, wir sind ja nie allein?‘
Die Enttäuschung sah man Oma Thiel
an.

*

Werner hatte an alles gedacht:
Ein Tisch am Strand, Sonnenuntergang,
Champagner, rote Rosen, ein
großartiges fünf Sterne Menü, nur die
Beiden allein.
Er wäre auf die Knie gefallen und hätte
seiner geliebten Elfriede den Ring auf
den Finger geschoben.
Ja, alles war geplant, wenn er bloß den
Ring nicht zu Hause vergessen hätte.